Best Time

白马时光

和你在一起
才是全世界

大柠
著

百花洲文艺出版社
BAIHUAZHOU LITERATURE AND ART PRESS

图书在版编目（CIP）数据

和你在一起才是全世界 / 大柠著 . — 南昌 : 百花洲文艺出版社 , 2022.10
ISBN 978-7-5500-4763-1

Ⅰ . ①和… Ⅱ . ①大… Ⅲ . ①故事－作品集－中国－当代 Ⅳ . ① I247.81

中国版本图书馆 CIP 数据核字（2022）第 145097 号

和你在一起才是全世界
HE NI ZAI YIQI CAI SHI QUAN SHIJIE
大柠 著

出 版 人 章华荣
出 品 人 李国靖
特约监制 何亚娟
责任编辑 刘 云 程昌敏
特约策划 梁 霞
特约编辑 马春曦
营销编辑 王亚青
封面设计 樱 瑄
版式设计 橙 子 童 磊
封面绘图 木野芝
内文绘图 梦游兔 VIVID 雨希 陶 然 金鱼酱
出版发行 百花洲文艺出版社
社 址 南昌市红谷滩区世贸路 898 号博能中心 I 期 A 座 20 楼
邮 编 330038
经 销 全国新华书店
印 刷 三河市金元印装有限公司
开 本 880mm × 1230mm 1/32
印 张 9.5
字 数 220 千字
版 次 2022 年 10 月第 1 版
印 次 2022 年 10 月第 1 次印刷
书 号 ISBN 978-7-5500-4763-1
定 价 52.00 元

赣版权登字：05-2022-145

发行电话 0791-86895108 网 址 http://www.bhzwy.com
图书若有印装错误，影响阅读，可向承印厂联系调换。

从校园到婚纱

青春是你，余生也是你

Your Heart
遇见你之前，
我把四季用来等你；
遇见你之后，
我把一生用来爱你。

“我只愿意占你的便宜，
而且，我愿意一辈子为此埋单。”

“可是……那样我会不会被雨淋到？”

“不会，我的伞足够大。”

任凭世事变迁，
时光流转，
唯愿与君长相依，
共白首。

小剧场

闺蜜余乔通过微信给我发来一张图，图上有两个漫画版女生。一个女生脸蛋好看，身材有些胖；另一个女生身材曼妙，脸蛋不好看。

余乔说："你给你家林知逸看看，问问他选什么？"

下班回到家，我把手机屏幕凑到林知逸面前，问他："要是让你选，你选哪个？"

他扫了一眼，坚决地说："不选！宁愿一个人孤独终老。"

我坚持："你就选一个嘛！身材好的，脸蛋好的，你选哪个？"

他也坚持："别拿这种问题来问我。我是有标准的，选你就对了。"

噗，哈哈，是不是说我身材和脸蛋兼具？

余乔知道林知逸的答案后，怒赞："这满满的求生欲啊！你老公情商真高。"

咦，难道重点不是我才貌双全？

每次和林知遥一起出门，他都会主动帮我拎包，表现得很绅士。

这次出门，他习惯性地伸手要帮我拿包。我摆摆手，说："不用，这么好看的包，我自己背。"

他如释重负地说："原来买贵一点的包，还有这等好处啊！"

"……"当初让他付款时，他明明一脸心疼。

和林知逸一起吃饭时，我突发感慨：“当你觉得这件事如同呼吸一样重要，不管是写作、唱歌、绘画、旅行，还是其他，或许它就是你的梦想所在。”

我说完觉得自己说得还蛮有道理的，然后问林知逸：“你现在有没有觉得什么对你来说就跟呼吸一样重要呢？”

他一本正经地回答：“你。”

怎么谈梦想谈到心跳加速？还能不能一起聊天啦？

林知逸一直说我有一颗少女心，

因为我大学毕业多年，还是爱看言情小说。

每当我看到好的言情小说，会忍不住爱意泛滥，甚至会主动对他投怀送抱。

有一天，他问我：“最近没看到好的言情小说吗？”

我疑惑：“你怎么关心起这个问题了？”

他说：“你对我热不热情是检验言情小说好不好看的唯一标准。你最近对我有些冷淡，我想是没看到好书吧？”

“……”

林知逸下班回来，一边在玄关处换鞋一边说："我今天早上上班路上看到有人穿的T恤跟我的一模一样，没想到我眼光这么好的人，还能撞衫。"

我瞥他一眼，嗤之以鼻："就你那审美，不撞你撞谁？不过，采访一下，看到有人跟你撞衫，你当时是啥感觉？"

他得意扬扬道："撞衫不要紧，关键是他没我帅！"

我："……"这人不仅没有审美，还没有自知之明。

最近忍不住开始怀旧，我想起和林知逸刚谈恋爱时的事情。

那时候我们还在大学校园，关系有些暧昧，以学长、学妹相称，还没有捅破那层窗户纸。

某个秋日的傍晚，他邀请我共进晚餐，晚餐后他提议一同散步消食。散步时，他悄悄往我手心塞了一枚口香糖。

我客气地说了声："谢谢。"

要是知道他当时已经心怀不轨，我可能会送他一个字——滚！

那时校园的风水宝地是夜幕降临的操场，那儿是情侣们约会最爱去的地方。

林知逸送我回宿舍刚好要路过操场，不少情侣仗着夜色撩人，忘我地亲吻、拥抱……

我正想慨叹"简直不忍直视"，孰料突然就被"偷袭"了——在那个月黑风高的夜晚，在校园田径场跑道边的一棵大树旁，林知逸拥住我，手臂环在我的腰间，我的脸瞬间变得滚烫。

我还没来得及将他推开，他已经把脸凑上前，伴随着灼热的呼吸，他的吻落了下来。

我的初吻就这样猝不及防地没了……

更过分的是，趁我没有防备夺走了我的初吻不说，他吻完，还说了一句大煞风景的话："接吻好像没有想象中感觉好嘛！"

"……"你偷吻，人家本能地抗拒，你感觉好才怪吧！

后来我才知道，他是有备而来，请我吃饭，吃完饭准备口香糖，都是为了品尝初吻。

回首往事，发现一向淡泊名利的林知逸总是不紧不慢，唯独这件事，他显得那么冒失。

我不禁感叹：“你那时还挺主动的嘛！”

他说：“再不主动就来不及了。”

我想了想：“也对哦，你那时候大四。简直是黄昏恋嘛。”

“不算黄昏恋，二十二岁，最好的时光刚刚开始。”

是啊，不管何时遇见，只要能遇见你，就是最好的时光。

斯人若彩虹，遇见方知有。

遇见你之后，我才相信爱情。

目　录

Contents

Love
you

序章

世界上最美好的事

多年以后，当我再次步入大学校园，望着那些似曾相识的风景，呼啸而过的青春如幻灯片一幕幕重现。

那时候，云影霞彩漫步天边，日子总流淌得缓慢。

春日的清晨，藤蔓缠绕的长廊下书声朗朗，日影印在英文单词书上。

夏日的晌午，他骑着自行车载我穿行在绿树阴浓的道路上，青春的裙裾随风飞扬。

秋日的黄昏，夕阳透过图书馆长长的落地窗斜照进来，我们并肩伴读，窗外桂枝飘香。

冬日的夜晚，洁白的雪花将沉睡的树木染成琼枝玉树，他带着我与三两好友结伴共餐，热气腾腾的火锅前围着稚气未脱的脸庞。

原来，关于青春的回忆还在，只不过等待恰当的时机唤醒。

尚记得初入学的懵懂，以及对未来的期待。彼时骄阳似火，父亲拖着行李陪我入学报到。而今，时光远去，重返校园，陪在我身边的不再是父亲，而是他。

我从来都未曾想到——他是我在这所大学就读时，命运馈赠给我的最佳礼物。

“这是我们第一次见面的地方。”他站在学三食堂门前那棵葱郁的梧桐树底下，一如当年。

“这是我们第一次牵手的地方。”走到图书馆对面小花园的喷泉旁，他牵起我的手。

“这是我第一次向你表白的地方。”他走到女生宿舍楼下的洗衣房前，微笑着看我。

…………

看似寻常的大学校园，竟然记录了那么多我们的“第一次”！

日光倾城，树影婆娑，校园田径场的朱红色跑道上，我俩的影子挨在一起，彼此的手紧紧挽着。

我想，世界上最美好的事，莫过于此——

年少时遇见你，十年后还在一起。

第一章

人生若只如初见

第一次遇见林知逸，是在 2002 年 9 月，我刚转学到 C 大不久，那年我二十岁。

高考失利的我原本在一所大专院校读计算机专业，大二那年通过“专转本”考试考取 C 大管理学院的会计学专业。没想到我的人生走了个弯路，却让我遇到了别样的风景。

初从南方到北方，一切是那么陌生而新鲜，人来人往的校园大得仿佛走不到边。

林知逸的到来，开启了我人生的新篇章，就像是骤然洒进心房的一米阳光。

遇见他之前，文学是我的白月光。高考失利，父亲责骂，学费无着，前途一片渺茫时，缪斯女神每每将我从暗淡无光的生活中拯救，让我对未来永怀希望。

即便历经波折转学到 C 大，我依旧没有放弃自己的文学梦想。

那是个明朗的初秋午后，温柔的阳光透过窗外晾晒的白裙子，沿着窗口滑进女生宿舍，照在我书写的笔记本上。

我正在奋笔疾书，为一本杂志赶稿子。

终于写完最后一个字，我长长地舒了一口气，仰头靠在椅背上，伸了个懒腰，舒展下僵硬的脊椎。

正打算睡个午觉解乏，这时，宿舍里的电话响了。

原来是杂志编辑打来催稿的，幸好那篇稿子刚刚已经写完了！

然而，挂断电话，我又犯愁了。编辑希望我能在周一前将稿子发到她的信箱，但是今天已经周六了，5000字的文稿还躺在笔记本上，并没有输入电脑。自己没有电脑，学校的机房又总是供不应求，该怎么办呢？

我决定出去碰碰运气。从管理学院的机房跑到计算机学院的机房，从化工学院的机房跑到图书馆的电子阅览室，结果都是：抱着希望而去，带着失望而归。

学校里的电脑资源太少，随着每年扩招学生增多，使得学校的资源与所招的学生并不匹配。每逢周末，这种弊端就越加凸显。

无奈之际，我灵机一动，想到将笔记本上的文稿复印下来，再请人帮忙将纸稿敲成 Word 文档。我首先想到的“活雷锋”是西部阳光，他是一同在文学网站写作的文友，印象中他是个热心肠的男生，还曾帮其他文友给杂志投过稿。

我好说歹说向一位同学租来半小时的上网时间，登录 QQ，点开西部阳光的头像，对他说明来由。

他很快回道：“不用那么麻烦，我有个高中同学就在你们学校，我们以前一个宿舍的，关系很铁，我的事就是他的事，他可以帮你敲字。”

他又补充道："他也发表过文章，还被《读者》《青年文摘》转载过呢！而且他人长得帅，当时我们班里好多女生都喜欢他，他当年可是我们高三（1）班的骄傲！"

说完，他还发来照片——一个身穿藏青色风衣的男生站在天台上，戴一副眼镜，清俊儒雅。

我有些恍惚——干吗给我发照片？干吗给我介绍得那么详细？他帅不帅与我何干？我不过找个打字员而已，怎么感觉像在相亲？

西部阳光给了我那位"高三（1）班的骄傲"的宿舍电话。

不知怎的，按下那个电话号码时，居然紧张到心跳加快。当时，我并不知道，这个号码后来会成为烂熟于心的一串数字。

"丁零零……"电话通了！小心脏随着电话铃声怦怦直跳，这是以前从未有过的事。

"喂，请问林知逸在吗？"我发现自己的声音有些颤抖。

"我就是。"对方答道，很好听的男中音。

"你知道我是谁吧？"我说。

我听到电话那端停顿了有两秒，心想第一次给人家打电话这么说是不是略显唐突。

"我知道你是谁……"对方一本正经地说。

看来西部阳光应该介绍过我了，我放下心来。

"……才怪！"对方继续说。

一句话一起说完不好吗？害我白高兴一场。

"我是西部阳光介绍的，是你的学妹，有一篇文章等着要交给编辑，想请你帮忙……"

我说明来由，他欣然应允。我们约好次日晚上在学三食堂门口见面。

第二天下了晚自习，我换上一身白色长裙，室友余乔给我梳了两个麻花辫，辫尾绑上两个毛球发圈。

“这样会不会像傻姑？”平时都扎高马尾，还不习惯新发型，我有些忐忑。

“不会不会，多清新可爱啊！”余乔给我打气。

咦，我这不是见打字员吗？怎么像是去约会？

不管了，给人家留个好的第一印象也不错。

从女生宿舍楼出来，沿着楼梯步行而下。快到学三食堂门前，望见食堂门口的梧桐树下站着一个白衣少年，路灯昏黄，看不清模样。但隐约感觉，那少年就是他了。

空气中飘着桂花若有若无的香甜气息，我走近他：“你好，请问你是林知逸吗？”

他抬头，微笑看我：“你是丁柠？”眼神中隐隐透着不确定。

“嗯。”我猜不透他眼神的含义。

许多年以后，我问他，第一次和我见面，对我有什么印象。

他想了想说：“就感觉那天我最喜欢吃的鱼香茄子都不香了，我只想抓住你辫子上的毛球发圈。”

“毛球发圈有那么可爱？”

“还要看是谁来戴。”

“那是你对我一见钟情咯？”

“算是吧。”

“大概那天月老太仁慈，加班给我俩牵了条红线。”素来对长相不够自信的我没想到也能被人一见钟情，只能把功劳推给月老。

“想不想听真相？”

“啊？”

“西部阳光给我介绍说，你是个发表过很多文章的才女，我以为才女长相欠佳。本来我是抱着见恐龙的想法来的，结果发现了一只孔雀，瞬间惊为天人，就想把他的网友下载下来当女朋友了。”

“……”

那天，我们一起走进食堂，本想请他吃饭，毕竟有求于人。谁知他主动刷卡请客，如此绅士的举止，让我对他顿生好感。

我们面对面坐在食堂的餐桌前，明亮灯光下，我悄悄打量起他来。他的鼻梁很高，眼镜架在上面，显得清俊斯文。他和照片上的感觉不太一样，照片里的他没有笑，有些许清冷气质。现实中的他爱笑，眉眼弯弯如月牙，笑起来眼里好像有星星闪烁，看起来温柔又阳光。

初次见面，我只是觉得这男生让人看着心情挺好，但那时并没有心动的感觉。后来，我才知道，不仅有种喜欢叫一见钟情，还有一种喜欢叫日久生情。

第二章

占了你便宜，一辈子埋单

很多时候，我们记住某个人的好，往往是因为一些看起来寻常得几乎难以觉察的小细节。

第一次和林知逸一起吃饭，吃饭前，我正准备掰开一次性筷子，他拿过我的筷子说：“我来。”

我略感困惑，我又不是三岁小孩，掰筷子这种没有技术含量的事情还是可以做好的吧。

他先小心掰开筷子，把两根筷子相互摩擦了几下，然后才递给我：“好了，可以开吃了。”

我不解地问：“为什么要这么做才可以吃饭？”

他解释道：“筷子掰开后有些地方比较锋利，这可能会划伤你的手。相互摩擦一下磨平了就没事了。”

说内心没有一点触动是骗人的，因为从来都没有人对我如此体贴。

那次吃饭恰逢大姨妈大驾光临，肚子有些痛，我忍不住冒出一句：“好痛。”

“哪里痛？”林知逸投来关切的眼神。

“肚子痛。”

“痛得厉害吗？需要去医院吗？”他关心地问。

我的脸红了：“不用。还没到要去医院的程度。”

他起身出去，我不明所以，莫非去给我买药？

不一会儿，他回来了，手里多了一杯珍珠奶茶。他递给我：“是热的，可以缓解肚子痛。”

原来珍珠奶茶可以暖到人的心里。

我肚子痛，食欲不佳，只吃了几口饭就捧着珍珠奶茶，坐在一旁看林知逸吃饭。

真看不出来，外表清瘦的他吃起饭来如此凶猛。

就在他要起身去食堂窗口添饭时，我突然半开玩笑地说：“还是节省一点钱吧，我反正吃不完，要不，我的饭给你。”

他一愣，但随即说：“这样也好！与其让你顶着浪费粮食的罪名，还不如来个资源共享。”说着他就毫不客气地端起我面前的碗把饭倒进自己碗里。

这回轮到我发愣了，我只是随口说说而已，你倒当真了！

只是……只是……我长这么大以来，只有爸爸吃过我的剩饭。他居然不嫌弃我，吃我的剩饭，这意味着什么？

后来我才知道在食堂添饭是免费的，他不去添饭而宁愿吃我的剩饭，更是让我不解了。

我问他为什么，他说：

“没有为什么，就自然而然想那么做了。”

“难道不是想间接接吻吗？”我问。

他回了这么一句："没有你想的那么猥琐。"

"……"

那次见面之后，我和林知逸以学长学妹相称，他经常约我一起吃饭。

某天，我俩在食堂吃饭，有位英俊挺拔的男生走过来跟林知逸打招呼。

这男生个子很高，我坐着仰视他，更觉得他高大，加之他长相很帅气，我忍不住多看了两眼。

"别看了，看了也没用。"林知逸冷冷道。

"怎么？"爱美之心人皆有之，看到帅哥我多看两眼还不行啊？

"人家有女朋友了。"

我内心漫过一丝失落，但表面还要装作若无其事："他有女朋友关我什么事，我看我的，他有他的。"

"别酸葡萄了，看那里还不如看这里。"

我这才意识到自己的目光还花痴地追随着那位帅哥，顿时收回视线，淡淡地问："看哪里？"

林知逸恬不知耻地指指自己："看这里，看这里。"

"……"

我们的校园很大，从宿舍去教学楼有很长一段路程要走。

有次我在去逸夫楼上课的路上遇到林知逸，他骑了辆银色的自行车，看到我，停下来问："去哪儿？要不要我带你？"

想想我和他纯洁的师兄妹情谊，我没有拒绝："好啊。"

学校里有段路是下坡路，他并没有减速，我让他拉刹车，他却说：

“抱住我的腰。”

因为车速很快，我不得不勉为其难地抱住他的腰。

正值夏日，他只穿了一件白色 T 恤，我仿佛都能碰到他的腹肌，羞得我脸都红了，可他还若无其事地在前面说：“抱紧一点。”

那段下坡路似乎变得很长，耳边有微风拂过，带着一阵不知名的花香。因为抱着他，我的脸都快要贴到他的背了。

突然想，我们这样，会不会太容易让人误会了？

“我们的关系很纯洁，我们的关系很纯洁，我们的关系很纯洁。”我在心里默念了三遍，给自己洗脑。

那天，一直到逸夫楼，我的脸都是红的。

偏偏林知逸还问：“是不是天气太热了？你看你的脸红成小龙虾了。”

你的脸才红成小龙虾，你全家的脸都红成小龙虾。

后来想想，这人表面波澜不惊，颇有翩翩君子的风度，内心世界好像还是有点邪恶的，总是得了便宜还卖乖。

不过他却不这么认为，他说：“我只愿意占你的便宜，而且，我愿意一辈子为此埋单。”

第三章

你是我的雨后阳光

认识林知逸不久后的中秋节，他主动提议要请我们全宿舍的人吃饭，宿舍里的姐妹闻言都很惊喜，纷纷对他竖大拇指：“哇！他好大方啊！”

林知逸请我们去学校西门外下馆子，姐妹们一直嫌弃食堂的饭菜油水不足，那天逮着机会，饱餐了一顿。

饭后，林知逸还买了一袋水果给室长大帮：“你们拿回去吃吧，饭后吃点水果，便于消化。”

大帮喜笑颜开地接过水果，发号施令：“其他人跟我回去，丁柠留下。”

我蒙了：“为什么就我留下来？”

“吃人的嘴软，拿人的手短。我们既吃了又拿了，总得拿点东西交换吧。你陪他就好了。”大帮义正词严地说。

于是，那天晚上，我就作为“等价交换物”被留了下来。

我和林知逸在马路上散步，我低头看着路灯映照下我俩的影子，心里想的却是：大帮会不会把水果瓜分殆尽，一点也不给我留？

就在我挂念水果的时候，突然感觉手腕一凉，也不知什么时候，一串水晶手链就被戴到了我的手腕上。

一旁的林知逸抬头看月亮，故作漫不经心地说："我们班同学一起去旅游景点玩的时候，他们都去买纪念品，小商贩当时招呼我：'同学，同学，买串手链送给女朋友吧！'我说我没有女朋友。小商贩说：'没有女朋友就更要买了，遇到你喜欢的女孩子就送给她啊！'现在，总算派上用场了。"

这……这……这……难道是在向我表白吗？

我轻抚着水晶手链，说道："在旅游景点买，你就不怕被小商贩坑吗？"

他回头看我："这不是重点吧？"

可是……可是……人家还没准备好谈恋爱呢，就直接上来送定情信物！

我是该取下来还给他，还是……

我犹豫不决地拉着手链的松紧带。

他看了我的手腕一眼，生怕我拿下来，说道："不管你接不接受，都不许拿下来。我没有指望你像我对你一样一见钟情，可是，你也不要打击我的积极性。"

一见钟情？那就是说每天晚自习帮我占座位，每天到我宿舍楼下的小超市煮方便面，今天请宿舍里的姐妹吃饭，都是有预谋的？

可是，即便如此，我为什么对他讨厌不起来呢？

我沉默之时，不知从哪里飘来 98 度的 ***Because of You***："You're my sunshine after the rain. You're the cure against my fear and my pain…"

“这首歌很好听。”我转移话题，化解空气中莫名的尴尬。

林知逸说：“我有这张专辑，你喜欢我送给你。”说完，他还不自觉地哼唱了一句，“You're my sunshine after the rain…”。

他唱得真的很动听。

此后，我听过很多好听的歌曲，都觉得没有这首动听，我也听身边很多人唱过英文歌，但总觉得没有林知逸唱得好听。

那时候，连我都不知道，我已经对他存有好感了。

后来，我们聊起这件事时，我问林知逸：“你为什么请我们宿舍里的姐妹吃饭？”

他说：“那是我爱情战略的一部分，农村包围城市。”

“……”

枉我们宿舍的姐妹对他赞不绝口，全都被他阳光无害的外表给蒙蔽了。

“还有什么爱情战略？老实交代，你是不是爱情经验很丰富？”

“我的爱情经验从遇到你才开始慢慢积累。要感谢你啊，上大学我能修爱情学分，全是托你的福。”

“彼此彼此。”我回敬道。

我们都是爱情经验为零的人，在爱情方面就像一张白纸，可是，当我们遇到彼此，终于可以用真心绘就美好的爱情蓝图。

读大学时，对我而言最大的难题就是英语四级，考了两次都没通过，难免有些气馁，担心毕业时因为没过四级拿不到学位证书。

我自认为是蛮有恒心和毅力的人，可是在学英语这方面却缺乏恒心。

林知逸提议道：“要不，以后我陪你上自习监督你学英语？”

他第一次就轻松过了四级，想来应该有经验，于是我欣然应允。

于是，每天晚上他帮我去自习教室占座位，还把自己以前用的四级辅导书、历年真题、文曲星等备考工具都给了我。

他问我：“四级题目里，哪一类是你的弱项呢？”

我想了想，略有些迟疑。

他又问：“听力？阅读理解？词汇？完形填空？作文？”

我难为情地说：“……貌似每一类题目都是我的弱项。”

“……”

看他沉默，以为他决定退缩了，我问：“是不是不敢教我啦？”

“没有不敢！这样一来我更要下定决心把你教好。正因为你的英语差，如果你考试通过了，我的成就感才会翻倍啊！”

“……”

其实，林知逸是个比较不错的老师，他不仅讲课细致耐心，还注意劳逸结合，每次在我学英语学累了的时候，他就会变魔术一般从抽屉里拿出一些零食，有时是话梅，有时是QQ糖，有时是巧克力，这对爱吃零食的我来说可谓惊喜。

每次下了晚自习，他都会买水晶葡萄饮料、炸鸡犒劳我，而且，他还给我画了个大饼：“如果你通过英语四级，我就送你礼物，每超过及格线一分就会多一份礼物。”

我不由得心花怒放，就算为了让林知逸破费也得发愤图强啊！

余乔得知林知逸免费做我的英语老师后，羡慕道：“你真幸福！我们学英语都是孤军奋斗，只有你才能享受这种美男英语老师的高级待遇。”

呃，美男吗？我怎么没觉得？

只是，从那以后，每次晚自习，我都会趁林知逸不注意，悄悄看一下他的侧脸，发现他五官清俊，鼻子挺拔，越看越好看。这人怎么越长越帅呢，真奇怪！

英语四级考场在C大本部对面的西院，考试那天是林知逸骑着自行车载我去的考场。考完出来，发现他推着自行车在门口等我。他没有问我考得如何，而是笑容可掬地拍拍车后座说："考试辛苦了，走，我带你去吃好吃的。"

后来英语四级考试成绩出来时，林知逸陪我去图书馆的电子阅览室查成绩。我内心特别紧张，根本不敢看电脑屏幕，全程都是林知逸在帮我操作。

"恭喜你，丁柠同学，你英语四级通过了！"坐立难安地等了一会儿，终于等到林知逸的这句话。

"真的吗？"我难以置信地说。

"当然是真的，还超过及格线不少呢！"

我这才将视线从林知逸的脸上转向电脑屏幕。

71分！看到自己的分数后，我还是不敢相信，将分数和名字对了又对，才敢相信这回自己真的战胜了英语四级，不由得激动万分。毕竟，以前和英语四级交战两回都铩羽而归，这次总算扳回一局。

要不是考虑到电子阅览室是公共场合，我真想给林知逸一个大大的拥抱。

"还是林老师教导有方啊！我这次居然超过及格线11分！"我克制住内心的狂喜。

"这叫名师出高徒！不过，还是你本身厉害，我只是发掘了你的潜力。”

“那你之前说好的‘我每超过及格线一分就会多一份礼物’的承诺还作数吗？”我问他。

“当然，我言出必行。”他毫不犹豫地答。

他这么一说，我不禁开始期待他的礼物了。

我以为会收获一堆礼物，没想到收获了 11 朵玫瑰花。伴随着那束花的是一张卡片，上面写着：“11 朵玫瑰花代表我的心。”

花送到我们宿舍的时候，余乔也在，她瞥了一眼卡片，笑道：“还月亮代表我的心呢。不过，理工科男生有这样的浪漫细胞挺难得了。”

我问她：“歌里不都唱 999 朵玫瑰吗？他送我 11 朵玫瑰什么意思？”

余乔白了我一眼：“你傻啊！这代表一生一世一双人，愿得一人心，白首不相离。”

如此说来，林知逸真是用心良苦啊！

后来我也在网上搜索了一下 11 朵玫瑰花的花语：最爱，只在乎你一人！

多么庆幸我的分数不多不少，刚刚好就是高出及格线 11 分。

第四章

第一次亲密接触

林知逸是理科生，却和我一样喜欢阅读，我们常常不是一起上晚自习，就是一起去图书馆的阅览室。

没去阅览室之前，我曾幻想过这样一幅画面：我们俩坐在靠窗的长桌子两端，洁白的纱帘被微风吹起，他捧一本书，有时抬头对我微笑，露出他一口招牌大白牙，比阳光还要灿烂。

实际情况是——阅览室空间不大，人又多，常常我们好不容易才能霸占到桌子的一个小角落，而林知逸看书时聚精会神，根本就无视我的存在。

我有时为了引起他的注意，会装作不小心碰到他的手肘，结果他还是岿然不动。

所以说，酷似《情书》里的唯美画面也只能是想想而已。

大学时代，我除了爱阅读，就是爱写文章，有时给杂志投稿前会给林知逸过目。

那天下着小雨，我们各自撑一把伞，步行去电子阅览室。我打算在给某杂志发投稿邮件前，请他帮我看一遍稿子。

半路上，他突然说："是不是撑一把伞就可以？"

"嗯？"我的榆木脑袋尚未开窍。

"我的伞比较大，你的收起来，用我的吧。"他边说边往我这边挪了一下。

我瞬间明白了他的意图，原来是想共用一把伞。

"可是……那样我会不会被雨淋到？"我还在顾左右而言他。

"不会，我的伞足够大。"说着他已经把他的伞举到我的头顶，我勉为其难地收起自己的伞。

那是我第一次和一个男生靠得如此近，我有些不习惯，想要离他远一些，又担心被雨水淋到。

直至走到电子阅览室门口，我觉得自己浑身的神经都是紧绷的。

他把雨伞收起来的时候，我瞥了他一眼，发现他一半衣服都湿透了，一边的头发还滴着水。

我疑惑地说："你怎么被淋成这样了？"

"因为你刚才走的时候，一直往另一边移，我的伞也就一直往你那边倾斜，于是我就成这样了。"说完，他还非常适时地打了个喷嚏。

"……"我该说什么才好呢？总不能说，想要亲密接触是要付出代价的吧？

进了电子阅览室找到一台电脑，我坐下打开信箱里的稿子，林知逸站在一旁看。

"我觉得这个地方应该改一下。"说着，他就要去握鼠标，却覆在了我的手上。

他好像还没有意识到这一点，依然握着"鼠标"说："这里还需要改一下。”我却感觉到全身传来一股暖流。

秋雨过后，天气转凉，我只穿了件短袖连衣裙，手是冰凉的，而林知逸的手却是那么温暖。

后来，我问他：“你是不是趁机摸我的手，想占便宜？”

他说：“我只是想改文章而已，没有你想的那么龌龊。”

“……”我哑口无言，确实是我想多了吗？

“不过，那天我的手还蛮争气的，被雨淋了还是热乎的。”他倒有些扬扬自得。

“……”还敢说不是故意的吗？

和林知逸一起吃饭时，他不小心咬到了舌头，“哎哟”一声叫了出来。

看着他捂着嘴皱着眉半天没有反应，我笑着说：“要是有一个美女肯用嘴唇帮你揉揉，你的舌头肯定不痛了。”

说完，我才发现不太对劲——貌似我把他给调戏了？

林知逸突然抬头盯着我看，看得我心里直发毛。

“干吗看我？”

“找你揉？”

“流氓！”

“是你先引诱人犯罪的。”

“……”貌似调戏不成，反被他调戏了。

第五章

牵手同游泰山

有天下晚自习，林知逸陪我回宿舍的路上，路过篮球场时，他突然说："我刚进大学时，就有个梦想，希望有一天能和喜欢的女孩一起去游泰山。"

莫非这是在暗示，他想邀我同游泰山？我按捺住内心的小雀跃，问他："你为什么想要去泰山呢？"虽然泰山是离我们学校不太远的著名景点，但感觉和浪漫不搭边啊！

"泰山是五岳之首，我想体验'会当凌绝顶，一览众山小'的感觉。"

"那你为什么会想要和喜欢的女孩一起去泰山，和同学一起也很好啊！何必非得等到大四都没去泰山呢？"

"是这样的，我们上大一时，班里有四个男生结伴去泰山看日出，租了两件军大衣。结果山顶比他们想象中要冷得多，于是四个人裹着两件军大衣，抱在一起相互取暖。我就想，就算要抱着取暖，也得抱个女孩啊！四个大老爷们儿抱在一起有什么意思？"

我听完忍俊不禁。四个男生为看泰山日出，结果冻得瑟瑟发抖抱在一起取暖，那画面实在太有喜感了！

“这个国庆假期你有安排吗？”他转过头，问我。

我摇头：“没有。”

“不如和我一起去泰山玩？”他试探地问。

“我和你两个人？”我有些期待又有些紧张。

“最好是这样。”他很笃定。

我怀疑他动机不纯、图谋不轨，又想起我有个高中同学王瑾就在泰山脚下的山东科技大学读书，于是说：“我有个同学刚好在泰安读书，她可以给我们做向导。”

他欣然应允：“好啊！”

不久就到了国庆长假。刚好王瑾国庆假期住校不回家，宿舍里又有床位，说我可以住在她的宿舍。我告诉她，为了路上安全起见，有个学长会陪我一起来泰山。她也给林知逸安排了男生宿舍。

那时候，我对外介绍林知逸都统一说成“这是我学长”。一来，我们刚相识一个月，他也未正式告白；二来，从没谈过恋爱的我也搞不清我和他之间那种小心翼翼的试探和暧昧算不算恋爱。

我和林知逸两人各背一个双肩包，乘坐火车一起前往泰安。四个小时的车程，伴随着哐当哐当的声音，困意袭来，不知不觉，我竟睡着了。

醒来时，我发现我的头正靠在身边林知逸的肩膀上，虽然有些羞赧和不安，但还是很享受的……

当我从他肩膀上抬起头时，他说：“醒啦？刚才你靠着我，我都不敢动。”

“为什么？”我面色羞红地说。

我看向窗外的风景，因为方才过于亲密的举动，我都不敢看他的眼睛。

“因为怕我一动，你会醒。”

莫名地，心中一暖。

想起我靠着他的肩膀睡，而他正襟危坐、一动不动的画面，我又有点想笑。

火车的车厢里流动着暧昧的因子，气氛略有些尴尬。

为了化解这尴尬，我说：“刚才我睡着，是不是你把你肩膀借给我当枕头使的？”

“我没借，是你自己把头靠上来的。”

“……”我有这么不矜持吗？

“不过，你睡觉的样子很可爱。”

“老实交代，我睡着时你有没有偷偷亲我？”

“没有！绝对没有！火车上这么多人呢！”他边小声说边环顾了一下四周。

顺着他的视线，我发现对面坐的两个人，一个在睡觉，一个在专注看手机，根本没有关注到我们这边啊！

看着他一脸无辜的表情，我又想笑了，他刚才的话什么意思？要是火车上没有人，他就会偷亲我了？这样想着，脸瞬间烫了起来。

等火车靠站，他和上车时一样，主动帮我拿行李。出站时，他顺其自然地牵起我的手，我心里如小鹿乱撞，却没有抗拒。

王瑾告诉我，白天登山可以欣赏沿途风景。晚上登山虽然可以看日出，但要付出一些代价：首先有一定的危险性，山高路险的；其次山顶特别冷，容易感冒；而且累了一晚上，第二天下山精神疲惫，根本无暇欣赏路边的风景。

我决定忍痛割爱，放弃观赏泰山日出，当天好好休息，养精蓄锐，第二天再去登山。

第二天是个艳阳高照的晴朗日子。一大早，王瑾和她的两个室友，带着我和林知逸，一行五人从山脚出发。

正值国庆黄金周，山上游人如织。秋天的阳光透过树木洒在游人身上，风一吹，映射在人们衣服上斑驳的树影让我觉得有些目眩。

林知逸见我才爬了一会儿就累得气喘吁吁，对我说："叫你平时多运动，既能减肥，又能锻炼身体，你就是不听！"

王瑾狐疑地望着我们，然后把我拉到一边问："他真的是你的学长？很纯情的那种？我怎么觉得像男朋友来着！"

我连忙摆手："什么男朋友，男朋友才不会这么吐槽自己的女朋友好吗？他就是我的学长而已。"

不过林知逸的行为与平日相比，确实有点热情过度。

我累得靠着台阶坐下休息时，他连忙拿出纸巾为我擦汗："慢点走，咱们又不是登山运动员，走那么急干吗？留点力气上十八盘吧！"

再次前行时，他干脆牵起我的手，我的脸都红了，生怕被王瑾看到这一幕，我都解释不清。

我甩掉他的手，一个人往前冲，他急得在后面喊："小心点！"

王瑾看着那些陆续下山的人，说："你们选择白天爬山真是明智之举。瞧，他们面色憔悴，神情恍惚，哪有心思欣赏路边的风景啊！"

我感叹道："所谓有得必有失，人家毕竟看到了闻名遐迩的泰山日出。"

这时，身旁的林知逸说："再美的风景都抵不上一对举世无双的伴侣，如果今天不是你在我身边，即使观赏到日出，我也觉得枉然。”

王瑾一副恍然大悟的表情，笑道：“我就说嘛！你们的关系不一般。”

“……”现在看来，我跳进黄河也洗不清了。

经石峪有一座高山流水亭，传说此处是伯牙抚琴的地方。

清风徐来，我想起了伯牙与钟子期的知音故事，感慨道：“都说人生得一知己足矣！其实，我也不求朋友多，能遇到一个知音就好了。”

“不就在这里吗？”林知逸指了指自己。

“……”

别看他如此自恋，一路上却时刻想着要给我拍照。

当我万般艰难地爬完十八盘，经过南天门、天街，最终到达玉皇顶时，我并没有原先想象的那种兴奋了。

以前我总以为自己是个只在乎结果不在乎过程的人，可是登上泰山之巅后我才发现自己错了，我真正在乎的是登山过程中的寻觅与探索，在乎的是和几个朋友一同行走的乐趣。

夕阳晚照时分，我们开始下山。上山容易下山难，这次我想拒绝林知逸的帮助都难了，只能“委屈”我的纤纤玉手，任由他一路牵下山了。

下山途中，我忽然发现，原先和我们一起同行的王瑾等人早已不见踪影。

大概她们真以为林知逸是我的男朋友而不愿意充当电灯泡？

天很快黑了下来，林知逸买了把手电筒，我拿着手电筒，他牵着我的手，小心翼翼地下山。

只是，还没走多久，我的肚子就开始不舒服，我捂着肚子，微微皱眉。

林知逸察觉出了我的不适，问我："怎么了？"

"肚子有些不舒服。"我一边回答，一边左顾右盼，"怎么没看到卫生间啊？"

"可能在前面，我们往前走走。"他安慰我道。

他想加快步伐帮我找卫生间，又担心我肚子疼不宜走太快，于是在寻找卫生间的路上，他为了转移我的注意力，就给我讲他室友们的有趣糗事——

室友小马哥爱说梦话。有天晚上，室友小白还在电脑前对着游戏挑灯夜战，突然听见已经进入梦乡的小马哥说："最近好忙啊！都忙得不知道自己姓甚名谁了！"

小白下意识地回答："你姓马，叫马峰。"

小马哥翻个身，叹口气说："也许你知道马峰是谁，但我肯定不认识这个瘪三。"

结果，我听完笑得肚子更疼了。

或许是肚子疼，又迟迟找不到洗手间的缘故，感觉格外山高路长。

好在林知逸一路上陪我聊天，肚子疼有所缓解。

也不知是不是夜黑风高增加了我的胆量，我问了他一个私密问题："对了，你看过女人的胸部吗？"

他瞬间沉默了。

见他一脸石化的表情，我在想，是不是我这个问题问得太过了。

我正想着要不要转移话题化解这尴尬的沉默，结果他说："看过。"

这下轮到我不知所措了。我的大脑开始飞速运转：啊？他居然看过女人的胸！那是他以前女朋友的吗？我虽然胸有大志，但胸并不大，万一以后我和他在一起，他岂不是要来比较？而且，他说看过，看过多少呢？不会是经验很丰富吧？

我又问："看过几个呢？"

他想了想，说："电影里的算吗？"

"不算。"我稍微松了一口气。

"那就是一个。"他说。

"哦。"不知怎的，心中没来由地升腾起一股醋意。我也很纳闷，我又不是他女朋友，为什么要吃他的醋呢！

想着反正伤一下也是伤，伤两下也是伤，不如就伤个彻底吧，我又问："那你摸过吗？"

他点头"嗯"了一声，补刀："还吃过。"

"看不出来啊！我原来还以为你挺纯洁的，没想到你是这样的林学长。"我内心虽然很震惊，表面却故作波澜不惊。

"那个人……是我妈！"

"……"刹那间，心中一块巨石陡然落地。

第六章

真情告白

某天晚上有课，我就没跟林知逸一起上晚自习。

刚回到宿舍不久，就听到楼下有人喊我的名字："丁柠！丁柠！丁柠！"

我探头望向窗外，看到林知逸站在楼下的小超市门口。

他抬头看到了我，有些喜出望外，继续喊："丁柠！下来啊！"

"别喊了！"还想不想让我在女生宿舍楼混了？再这么喊下去，全宿舍楼都知道有个叫丁柠的女生谈恋爱了。

我飞奔下楼。

待我气喘吁吁地跑到他的面前，他咧开嘴笑了："看你这速度，就这么着急想见我啊？"

"……"

我缓了一下，才埋怨道："下次喊我能不能不要靠吼，打个电话不行啊？"

"我这不是刚好路过，想着可以节约点电话费嘛！"

"再省也不能省这点钱！你难道想让全校园都知道我谈恋爱

了吗？”

“就算全校园知道也没关系，混到大四才谈了场恋爱，我容易吗？”

“……”

我还没想出反驳他的词，他问我：“你饿吗？我刚才点了碗泡面，你要不要来一碗？”

“不用了，你自己吃吧，没别的事，我就上去了。”我打算打道回府。

“想和你待一会儿，算是事吗？”他边说边把我拉到小超市里，在一张桌子前坐下。

不一会儿，一碗热气腾腾的泡面端上来了，看他吃得投入，我的肚子不争气地叫了。

他递给我一双筷子：“一起吃吧。”

我恭敬不如从命。

就这样，两个人对着一个大碗哧溜哧溜地吃泡面。

他说：“没谈恋爱的时候觉得情侣吃同一碗面很不卫生，现在，我只觉得温暖。”

当天晚上回去我就对余乔说：“楼下这家小卖部煮的方便面很好吃！改天你可以尝尝。”

余乔一语道破天机：“那是因为你和林某人加了爱的调料包吧！”

学校组织“校园十佳歌手”比赛，我跃跃欲试，却又担心面对太多人会紧张怯场，犹豫要不要报名。

林知逸鼓励我：“到时候我陪你一起去，我坐在台下，你看着我唱，就当作台下只有我一个人，那样你就不紧张了。”

在他的鼓励下，我报名参加了比赛。

比赛现场在一个阶梯教室，坐在下面等着上台比赛的时候，我内心还是紧张不安的。

我紧张得不停看手表倒计自己上台的时间，紧张得去了两趟洗手间，紧张得紧紧抓着旁边林知逸的手，手心全是汗。

“来，喝口水。”他把水晶葡萄递给我。

我只抿了一口，我可不想再去洗手间了。

“做几次深呼吸，就没那么紧张了。”他悄声在我耳边说。

深呼吸几次，内心平复许多。

终于听到主持人报我的名字，轮到我上台了。

“终于做了这个决定，别人怎么说我不理，只要你也一样的肯定，我愿意天涯海角都随你去，我知道一切不容易……”

我唱这首《勇气》的时候，是看着台下的林知逸唱的，而他的目光里也只有我。

看着他的眼神、微扬的唇角，我的心安定许多，越唱越自如。

“人潮拥挤我能感觉你，放在我手心里，你的真心。”

唱完最后一句，台下响起热烈的掌声，而我知道，第一个鼓掌的人一定是林知逸。

“你唱得真好听！”走下舞台，林知逸对我竖起大拇指。

走出阶梯教室，他牵住我的手，得意地说：“感觉我赚大发了！原来我的女孩真是十项全能的宝藏女孩，人好看、成绩好、会写作、会唱歌……还有个最大的优点，不挑食，吃嘛嘛香。”

“有那么好吗？”他夸得我都不好意思了。

“当然好！总之不管你做什么，我都是你的超级粉丝。”

平时那么理性的理工科男生，此刻一脸“迷弟”的表情，没来由地有种反差萌。

其实，比赛获不获奖已经不重要了，重要的是，青春时光里，有个少年坐在台下专注地听我唱歌，歌声也将我的心声传达到了他的心里。

而在不久之后，他向我表白了。

一天晚上，下了晚自习，林知逸和往常一样送我回宿舍楼。

走到宿舍楼下，我发现夜空悬挂的月亮又圆又亮，看着迷人的月色，我突然想起，我和他都确定恋爱关系了，好像他还没有正式向我告白呢!

于是，我说：“我们谈恋爱都这么久了，你还没郑重地向我表白过呢！”

他看着我说：“真的要表白吗？”

我点头：“那当然要的，不然怎么能表示你爱我的决心呢？”

他沉思了一会儿说：“我也许很笨，不会说甜言蜜语，但是我有一颗真挚的心，时刻为你跳动；我从前不懂什么叫浪漫，现在我知道了，只要和你在一起，吃顿饭也是浪漫，一起上自习也是浪漫；我从小到大没丢过一分钱，没掉过一串钥匙，从戴眼镜至今，没遗失过一次眼镜，从懂事以来，没谈过一次真正的恋爱，我会把我所有的细心和全部的爱倾注在你一人身上。”

这一连串排比句出来的时候，我真的怀疑这是不是他的临场发挥。

后来，我问他是不是提前背的书里的告白，他举手盟誓：“绝对是我原创，是我的肺腑之言。”

他的高考语文作文是满分，他这次的告白，如果让我打分，我也要给他打满分。

最起码，我当时一下子就被这朴实无华的表白深深打动了，并告诉自己：这个男生，将是陪我走一辈子的人。

第七章

有些错过
是为了遇见对的人

和林知逸确定恋爱关系不久，我问过他一个问题："你长得不错啊！大四之前怎么没谈过恋爱呢？"

"就是为了等你来嘛！"

"别敷衍我。真实理由到底是什么？"

"我们学校的男女生比例你也看到了，尤其是我们机电学院，我学的专业有两个班，一共就六个女生，僧多粥少。"

"你不会跟我说，那六个女生都被班里其他男生先下手为强，导致你没机会吧？"

他十分不屑地说："兔子不吃窝边草。"

问题是你有的吃吗？我不想打击他的自尊心，这句话忍住没说。

我继续问："在遇到我之前，你就真的没对别的女生动过心吗？"

"说真的，你们女生真的很奇怪，两个人决定在一起是为了过好以后的生活，为什么会对过往刨根问底呢？我们宿舍的一哥们儿谈恋爱后也被他女朋友打破砂锅问到底了，简直比警察审讯时还严格。其实，我觉得过去怎么样并不重要，重要的是一起开创幸福的未来。"

他说。

“过去就是历史，历史当然重要。我不但要知道你的过去，我恨不得知道你的前世今生。有诗云：‘如何让你遇见我，在我最美丽的时刻，为这我已在佛前求了五百年。’遇到喜欢的人容易吗？说不定为了遇见你，我在佛前求了不止五百年。”

林知逸见我如此认真，终于和盘托出——

他读大三时，他们宿舍里六个兄弟，除了把游戏当情人昼夜奋战的两位，其他三位都已名草有主，他们不但每天肉麻电话打个不停，甚至还把女朋友带回宿舍公然秀恩爱。而且每天晚上从自习教室回宿舍的路上会经过操场，那里是校园情侣谈恋爱的胜地，看着那些拥抱亲吻的恋人，林知逸想，如果能遇到喜欢的人谈场恋爱就好了。

后来某一天，他去开水房打水时，发现一个女孩看着蛮顺眼的，他就鼓足勇气上前，问她能否给个联系方式。结果那女孩对他说：“你是刚入学的学弟吧？我是大四的，马上就离校了，不想耽误你的青春。”

林知逸当时就想：我看起来真的那么不成熟吗？

我听完笑了：“哈哈，原来你的恋情还没开始就结束了，你被拒绝了！”

他却傲娇地说：“如果她没拒绝我，还轮得到你吗？”

我更傲娇：“嘁！我从来都没被拒绝过，一直是拒绝别人的份儿。”

“别吹了！说来听听。”

“从小到大我一直以为自己是丑八怪，中学时遇到男生递来的表白字条，或者有男生约我放学后一起散步，我都是拒绝的。我当时想，我长得这么普通，他们还有勇气追我，一定是逗我玩，打算假装追我，追到手立即甩掉。我才不上当呢！于是，所有字条我一概扔垃圾桶，约我散步一律拒绝。直到上大学……”说到这里，我故意停顿了下。

“然后呢？”

我看他一脸“静待下文”的表情，甚是得意：“哈哈，你不是也很在意我的过去吗？还说什么过去并不重要，重要的是开创幸福的未来。”

“你其实说不说无所谓的，你要是不想说，我去做别的事了。”说完，他起身欲走。

“我说我说。”我拉住他，“直到上大学，有个男生生日请了全班同学聚会，聚会上同学们起哄让我切蛋糕，我当时蒙了，但还是勉为其难地去切蛋糕了。也不知是太紧张还是太笨，都不会切蛋糕了，于是那个男生来到我身后，握着我的手一起把蛋糕切开。有同学把这一幕拍照留念了，我发现那时我的脸都红了。”我看林知逸此时笑得有些勉强，补充道，“你别误会，我绝不是因为害羞而脸红，是因为尴尬。”

“当时你切蛋糕的手是哪只？”

我想了想，举起右手：“应该是这只，我又不是左撇子。”

林知逸对着我的右手，大口吹了一口气：“好了，经过林氏仙气的洗涤，你这只手上已经没有浊气了。”

“……”刚才是谁说过去不重要的？

刨根问底的那个人变成了林知逸：“你和那个男生后来怎么样了？”

“他后来约我看了场电影，看完电影回学校的路上，他想牵我的手，被我躲开了。”

“林大仙”说：“嗯，我不需要再吹仙气了。”

真幼稚！我腹诽一句继续说：“从那之后，那个男生还是会隔三岔五约我出去，我起初是同意的，后来发现跟他在一起就是没感觉。

虽然挺不想伤害一个男孩的感情，但再这样下去就太为难自己了，于是写了封信给他。他试图挽回，但我没给他机会。”

林知逸对我竖大拇指：“做得好！我给你点一百个赞。”

其实仔细想一想，不管是他被别人拒绝的过往，还是我拒绝别人的过往，都说明我们错过有些人，是为了遇到另一个人。或许有些错过是为了遇见对的人。

第八章

两个人的第一个圣诞节

那年平安夜，学校的圣诞氛围十分浓郁，不仅逸夫楼每个教室都装点得像晚会现场，北广场还有圣诞狂欢舞会。

我和林知逸决定去参观布置得很喜庆的各个教室。路过他平时做毕业设计的那间教室，发现教室已被圣诞树、彩带、气球装扮一新。他的同学们正在举办圣诞晚会，还准备了甜点、水果和饮料。教室里充满欢声笑语，轻快的圣诞音乐很是助兴。同学们有的举杯庆祝，有的谈笑风生，有的在讲台前跳起舞来……

我默默吃着林知逸递给我的甜品，望着这些笑容满面的学长学姐，心想，这是不是大学毕业前最后的狂欢？不知怎的，想到他们即将毕业，我的男孩也要离我而去，在热闹嘈杂的教室里，我的内心竟涌过一丝寥落。

“是不是觉得有点吵？”林知逸走过来问我，他似乎看到了我脸上的忧伤。

“还好。”

“要不，我们出去？”他拉着我走出教室，嘈杂的声音渐渐隐在身后。

走出逸夫楼，穿过人工湖，我们来到图书馆门前，他递给我一把钥匙："信箱里有我给你准备的圣诞礼物。"

那是他图书馆私人信箱的钥匙，以前都是存放他进阅览室前不方便携带的物品，遇见我之后，信箱成了他的信使，存放他送我的礼物。每到节假日，他都会送我一份小礼物，我还记得中秋节他送了我一盒月饼。

我拿着钥匙，满怀期待地走进图书馆，找到他的 68 号信箱，像开盲盒般打开信箱——里面有个粉色包装袋。我拿出袋子，小心翼翼地打开，原来是一套红色帽子围巾，非常有圣诞气息的颜色。

我满心欢喜地将围巾帽子放进袋子里，提着袋子走出图书馆。

林知逸站在门前等我，一见我出来，便迫不及待地问："送你的礼物，喜欢吗？"

"喜欢。"那么应景的礼物，看着喜庆又温暖，我自然喜欢。

"现在要戴吗？"他又问。

"好啊！"

他帮我戴上帽子，围好围巾，仔细打量着我。

"好看吗？"我被他看得不自在。

"好看！开玩笑，我的审美你还不放心？"

"从你能看上我，说明你的审美与众不同。"

"红围巾搭你的白棉袄，简直绝配！"

我听得心里美滋滋。

"就像个大号雪人。"

"……"笑容僵在我的脸上。

“笑得开心点嘛！我的圣诞女孩。”他揉揉我戴着小红帽的脑袋，“走！我们去北广场。”

那天的北广场格外热闹，学生们挤在广场上跳舞，似乎在尽情释放青春活力。那种氛围很有感染力，林知逸说想跳舞了。他邀我共舞，我摆摆手：“我不会。”

他说：“我也不会，就是凑个热闹。”其实，他的节奏感很强，舞动身体都能贴紧音乐节拍，吸引了周遭同学的目光。

没想到平时斯文的他跳起舞来有种别样的魅力，我望着他有点不敢置信：这个自如扭动身躯的快乐男孩还是平时那个文质彬彬的男生吗?

趁我愣怔之际，他拉我融入人群，先是给我做示范，而后牵着我的手，带着我一起跳。

寒冷的冬夜，我们却跳得满头大汗。

从人群中走出来时，我对林知逸说：“今天简直太开心了！我从来都没有这么开心过。”

“那把这份开心保存下来好不好？”他说。

“啊？”我还来不及反应，他就叫来一旁守候着给学生拍照的摄影师，请摄影师帮我们拍了张合照。

伴随着“咔嚓”一声，我们第一次共度圣诞节的美好时光定格在相片里。

也不知是节日气氛的烘托，还是跳舞的后遗症，那天我们两个人兴致都很高，在外面玩到晚上十一点都不愿回宿舍。

我突然萌生出想去林知逸宿舍看看的想法，他居然没有拒绝。

那是我第一次进男生宿舍，因为是圣诞节，林知逸宿舍里的兄弟都出去玩了，宿舍里一个人都没有。

林知逸让我猜哪张床是他的，我左看看，右瞅瞅，发现男生宿舍比女生宿舍乱多了，有的被子乱蓬蓬地铺在床上，有人的床上还放着内裤、袜子，可以用“不忍直视”几个字来形容。

我注意到有张上铺的床最干净整洁，不仅被子叠得像豆腐块，床上也没放乱七八糟的东西，枕头旁边有一排书以及一盏小台灯。

我指着这张最干净清爽的床，对他说：“这是你的床吧？”

他微笑点头：“你怎么知道？”

我说：“因为你很爱干净，而这张床是这里唯一还算干净的床。”

他露出略失望的表情：“我还以为你会说我们心有灵犀呢！”

“这点还用说吗？没有这一点，我今天也不会走进你的宿舍不是吗？”

“哎哟，这话说得跟小说似的。”

“那我做件比小说更浪漫的事吧。”说着我在林知逸目瞪口呆的表情下，敏捷地爬到他的床上，躺了下来，点亮旁边的台灯，对他说，“我应该是第一个睡过你的床的女生吧？今天我躺一会儿，以后你每天睡觉时就会想我了。而且一日夫妻百日恩，我今天睡过你的床，咱们也算是同床共枕过了。”

他站在床下沉默了一会儿，然后对我说：“嗯，我以后每天枕着你的气息入眠，会感到很幸福。”

后来，我问过他：“当时宿舍里就我俩，孤男寡女同处一室，你有没有动歪心思？”

他说：“我当时只想了下，我要不要也爬上床呢？那画面简直太美！只是我怕自己把持不住，还是算了。”

或许，就因为当初的“把持得住”，才会有将来步入围城之后的“把持不住”吧。

第九章

很遗憾不能陪你共度生日

和林知逸相遇时，我大二，他大四，我们在大学校园里度过了一年美好甜蜜的时光。即便再美好终究要面对离别，他毕业后就得离开校园，去异地工作。

他即将去南京参加招聘会，这为我们的离别埋下了伏笔。我心里也开始隐隐不安，对未来充满了不确定感。偏偏，他参加招聘会的日子恰逢我的二十一岁生日，那就意味着，我们恋爱的第一年，他不能陪我一起过一年一度的生日。

对此，我是心怀不满的。我还试探性地问林知逸，能否换个时间去招聘会，我生日那天陪我一起过？毕竟这是我们相恋后我的第一个生日，我觉得我们一起过会很有意义。但他偏偏选择这一天去参加招聘会，我就觉得他不够爱我，不够在乎我，仿佛对他而言，找工作比陪我过生日更重要。

有天晚上，他陪我上晚自习后，将我送到宿舍楼门口，递给我一封信。接过他的信，我心里愈发不安了。是不是他最近因为毕业找工作的事情面临现实问题，加上我希望他陪我过生日给了他压力，由于现实问题他想逃避这段感情了？他这还是第一次给我写信，不会是写信和我说分手吧？

回到宿舍，我洗漱完毕，爬到上铺，窝在床上，小心翼翼地拆开他的信。

大柠：

第一次给你写信，就要跟你说一件令你不高兴的事，我不忍看你满脸的不快乐，更怕看你因失望而悄悄滑落的泪水，所以我才选择了写信。

原本我是打算参加17日、18日的招聘会的，但老师非要把专业课定在18日考，我就只能选择15日、16日去南京了。看到这里，你知道我要说什么了吗？虽然我是那么地看重、那么地珍惜我们相恋以来一起共度的第一个生日，但现实却容不得我们任性，因为机会错过了就再也不会回来了。

记得有次老乡会上，一位同乡的女同学问我："你是怎么勾搭上大二的学妹的？"我说，她是个不在乎天长地久、只在乎曾经拥有的女孩。当时她就狠狠地骂了我一顿。她说，没有一个女孩是不在乎天长地久的，如果你爱她就好好珍惜吧！

是的，初恋时我不懂爱情，更不懂女孩的心，所以我常常于不经意间惹你生气，看你流泪时，我的心是痛着的。

都说恋爱使人成熟，我想真的是这样的，以前我从没想过要在江苏工作，但是当我爱上你之后，我渐渐地爱上了这片生你养你的土地，爱上了这片鱼米之乡，所以我想抓住一切机会，尽自己最大的努力留在这边，留在你的身旁，共同拥有同一片蓝天，共同创造我们的未来。

我们曾同时被一句话感动过，那就是“对相爱的人来说，每一天都是情人节”。同样，只要你知道我爱你，我也清楚你爱我，那么，只要我们高兴，可以把任一天定为我们的生日。

这一次去南京，不一定能有好的机会，但如果我不去，那是肯定没机会的。

我痛失这次与你共度生日的机会，是因为我想与你一起过更多的生日，这，算不算贪心?

吻你！晚安！

爱你的大林

看到最后，我竟忍不住落泪了，心中五味杂陈。

我原本以为他放弃与我共度生日的机会，选择在我生日那天去参加招聘会，是不够在乎我，不够爱我，是觉得工作比我重要。然而，我没想到，他是从更长远的角度考虑的，他不是不想陪我过生日，他是为了以后能陪我过更多生日，才不得已选择这次在我生日那天去参加招聘会，只希望找到能留在江苏、离我近一点的工作。

他用的信纸是蜡笔小新主题的，可爱的感觉符合他有趣的灵魂。我将信又看了一遍，忽然发现信的落款处是蜡笔小新和他幼稚园里四个同学的合影。林知逸在合影最上面用铅笔写上“超生游击队”，后排的两位同学，他标注上“大林”和“大柠”，前面的三排同学他标注了“老大”“大双”“小双”。

看到这里，脸上还挂着眼泪的我又忍不住笑了，这几天内心的不安也一扫而空。原来，他都已经规划好了我们未来的家庭生活，我们拥有一个老大，还有一对龙凤双胞胎。对于我们的未来，他倒想得还挺美！

我的生日很快就到了，因为林知逸不在身边，我也没有过生日的兴趣。

我没想到会这样：没恋爱时，我的生日只是我出生的日子；恋爱后，我却想着每个日子都能和他分享，尤其是生日这样重要的日子。

生日那天中午，我正倚在床头看书，突然有人敲门。离门口最近的余乔问了句：“谁啊？”

门外人答：“送花的。”

余乔开了门，一个陌生女孩捧着一束耀眼的玫瑰花走进来：“请问丁柠是哪一位？”我抬头：“我就是！”我边说边爬下床。

“这是一位先生在我们花店为你预订的玫瑰花。”陌生女孩把花递给我。

“谢谢你！”我接过娇艳欲滴的红玫瑰，“好漂亮啊！”

余乔走过来，数道：“1、2、3……11，一共11朵玫瑰花，代表着一心一意，一生一世。好浪漫啊！”

“一定是林知逸送给我的生日礼物。”我心花怒放，喜上眉梢。

“瞧，这里有一张小卡片，看看写的什么。”余乔从包玫瑰花的透明包装纸中拿出一张卡片。我接过卡片，只见上面写着——

大柠：

生日快乐！

我保证，这是最后一次大林不能陪你一起过生日。

爱你的大林

“天哪！你家大林也太会说情话了吧！”余乔看到后，不禁感叹。

刚刚坠入爱河却不能和恋人一起过生日的遗憾，瞬间被玫瑰的香甜和卡片上的文字冲淡了许多。

“可惜他没送蛋糕，光是玫瑰，只能看不能吃，不然我就能请大家吃生日蛋糕了。”我略感遗憾地说。

这时，宿舍里的电话响了，有位男生让我五分钟后下楼取东西，说是林知逸请他转交给我的。

难道说“蛋糕蛋糕到”？

我换了件衣服下楼，发现这男生是林知逸的高中同学。他拿给我一个手提包，说是林知逸托他转送给我的生日礼物，并祝我生日快乐。

送包难道是寓意“包治百病”，包括他不能陪我过生日的不快乐？

等我回到宿舍，把塞在包里的填充纸取出来后，发现包的夹层袋里有一封信。

我拿着信爬到上铺，打开信，一个人默默地看。

大柠：

生日快乐！

记得你曾问过我，女孩有叫“什么儿”的吗？我告诉你说《浪漫樱花》里的女主角叫乐儿，郭富城在剧中很浪漫，但我却一点也不羡慕他，因为，我有我的柠儿，团为，我有我的浪漫桂花。

与你牵手走过的这段日子，是我大学四年中最快乐的时光。儿时的憧憬中，大学生活就应该是这样的：有一个漂亮、才华横溢、心灵相通的知己做恋人。为此我找了三年，终于在第四年等到了你。如果单以大学生活来说，那是相见恨晚了，但如果想远一点，我们可以欣慰地说：我们都还年轻，属于我们的幸福时光才刚刚开始！

以前看别人忙于恋爱的时候，虽然羡慕但我一点也不急，我知道这个世界上好的女孩子很多，我不担心她们被人抢光了，我只担心当我的那个她出现的时候，我不够好，不够优秀，为此，我一直在努力。但是当你出现的时候，我显然没有准备好，不够好，也不够优秀，否则就不会为忙于考试，忙于找工作而冷落了你，让你感觉我不是百分之百的投入，让你感觉我不是那么在乎你。

是这样的吗？不！谁说我不在乎，看到你流泪我就会自责，看到你为了写作饿肚子我就会心痛，看到你那漂亮的手指上总是有些小伤口我就怪自己对你呵护不够。柠儿，如果有可能，我希望用我的心整个儿把你包住，不让你受到雨打风吹，不让你受到日晒雨淋，不让一切世俗的东西对你有一点点的伤害，我要你永远住在那个小而温暖的心房里，就算有雨，我也会是你的 sunshine after the rain（雨后的阳光）。

今天是你的生日，没能亲手为你点亮蜡烛是我最大的遗憾，也是我最大的失职，为此，我甘愿受罚，不管你是要让我陪你逛街，还是要我陪你共度余生，我都绝不反抗。

今天，11 月 16 日，在你生日这一天，我终于尝够了思念一个人的味道。大柠，我爱你！此时我正在想你：想念你的笑，想念你的外套，想念你白色袜子，和你身上的味道……

吻你！

爱你的大林

我没想到，信看到一半，我的眼泪就止不住地往下掉。尤其是看到他说“我希望用我的心整个儿把你包住，不让你受到雨打风吹，不让你受到日晒雨淋，不让一切世俗的东西对你有一点点的伤害，我要你永远住在那个小而温暖的心房里，就算有雨，我也会是你的sunshine after the rain……”时，我更是情难自禁。原来，他竟是这么在乎我！他竟然想用真心永远守护我！我想起了我们在学校西门外散步，他给我唱“You're my sunshine after the rain……”的情景。原来，对他而言，那不仅仅是一句歌词，还传达了他的心声！

怕眼泪打湿信纸上的字，也怕室友看到，我赶紧拿了纸巾，擦去眼泪。我委实没想到，他会这么爱我，这么想我，这么在乎我！

此时此刻，我已经不再为他不能陪我过生日感到遗憾了，反而觉得，这个他不能陪我度过的生日将会成为我永生难忘的生日。

那天傍晚，我从阅览室看完书回宿舍，刚开宿舍门，余乔就拉住我，捂住我的眼睛，说要给我个惊喜。等她允许我睁开双眼时，我发现，室长大帮已经手捧蛋糕站在我面前了，然后，室友们齐声对我说：“大柠，祝你生日快乐！”

“啊？还有生日蛋糕吗？应该是我请大家的。你们有心了，谢谢你们。”我又激动又感激。如果说林知逸送我的生日礼物和情书是意料之外的惊喜，室友们能想到为我过生日可谓锦上添花。

“不是我们有心，是林知逸有心。这是他托我给你定的生日蛋糕，他说，就算他不能陪你过生日，也希望你能拥有一个难忘的二十一岁生日。”余乔说。

我的眼眶又忍不住湿润了。连父母都经常忘记我的生日，偏偏这个相处不满一年的男孩把我的生日记在心里，还这么用心地为我准备。

尽管这次生日他没能陪我一起过，尽管他在南京，不在我身边，可是他的用心却让我感觉，他仿佛就在我身边。

对着生日蛋糕许愿的时候，我想起他对我的承诺，以后我每年过生日，他都会陪在我身边，我不禁对我们的未来充满期待。

第十章

毕业情书

在大学校园里，流行一句话：毕业即分手。许多人觉得象牙塔中的恋人经不起现实的考验。

事实上，在林知逸毕业之际，他宿舍里有两位室友都和女朋友分手了。一位室友去南京某军校深造，女友留校读研；另一位室友去上海工作，女友去了广州。我曾作为林知逸的“家属”参加过他的聚会，见过那两对恋人，都是郎才女貌的组合，看起来十分般配。据说这两对恋人之前感情很好，只是因为毕业不在一起了，担心未来有变还不如先分手，给彼此的大学时光留下一段美好回忆。

从宿舍去往教室必经的林荫道旁，是大四的学长学姐们摆摊的跳蚤市场，大家纷纷把自己无法带走的物品低价转让给学弟学妹。

校园里充满了离别的气息，加之林知逸的两位室友均和女友分手，我的心上平添了一层阴霾，我担心林知逸会对我说分手。初尝爱情甜美滋味的我，根本接受不了分手的打击。

临别前夕，我们坐在操场的台阶上，握着彼此的手，望着苍茫的夜色。

“你马上要毕业了，我们不会分手吧？”我忐忑不安地问他。

“傻丫头，想什么呢？”林知逸摸摸我的头，“为什么不想些美好的未来呢？”

“未来太遥远，我只知道明天你就要离开学校，留我一个人在这里了。”从此以后，这个笑起来特别阳光的男孩不能陪在我身边了。校园里到处都是我和他一起走过的足迹，而我今后要学会一个人面对没有他的校园了。想到这里，内心不禁漫过一丝忧伤，眼泪几乎要滑出眼眶。

“哪里只留下你一个人，还有我的宝马陪你啊！”他搂住我的肩膀，轻声说。就在前不久，他骑自行车载着我将我们在校园里走过的地方，又重新走了一遍。然后，他把车钥匙郑重其事地交到我手里：“我的宝马，从此就交给你了。”

或许对别人来说，一辆自行车不算什么，但对林知逸来说，这是他童年时心心念念的愿望。这辆自行车是他用做家教赚来的钱买来的，也是他人生中第一辆自行车，他一直视若珍宝。那时的他除了梦想一无所有，但他把他当时的所有财产都给了我，包括自行车、文曲星、随身听、磁带……

“总之，你离开后不许喜欢别人，不要以为我看不见你，我可是有千里眼的！”我望着他，很认真地说。

“我才知道我将来要娶的人是孙悟空啊！”他笑道。

“如果我是孙悟空，那你是什么？”我问。

“我是如来佛祖啊，你怎么都逃不出我的手掌心。”

“不，我要当如来佛祖，你来当孙悟空，我要你逃不出我的手掌心。”

“哈哈哈，这都要来争，你说如果我遇到别人，别人争得过你吗？你就放一百个心吧。”

…………

我们聊着天，月亮悄悄透过云层，露出半张脸，温柔地望着我们。

未来很遥远，触不可及，此刻的美好却真实存在，月亮可以作证。

离别的那天，鲜少下雨的城市阴雨霏霏，烘托着离人的愁绪。

我去火车站送林知逸，站在月台上，望着渐行渐远的列车，说好不哭的我还是忍不住掉下眼泪。

虽然我不停地在内心对自己说，分别是短暂的，是为了下一次重逢。但是，从此再也没有人每天帮我占座位陪我一起上晚自习，从此再也没有人深夜跑到我宿舍楼下的小卖部煮方便面只为见我一面，从此再也没有人骑着自行车带我走遍校园的每个角落……

只要想到这些，我的心就仿佛空了一块，有种难以言喻的失落感。

林知逸离开后没多久，我收到了他的一封信。不会是分手信吧？从管理学院回宿舍的路上，我觉得书包里的信仿佛是一枚定时炸弹。

回到宿舍，我从包里拿出信，爬到上铺自己的小床。怀着惴惴不安的心情，我用颤抖的手拆开了这封信——

亲爱的大柠：

那天你哭了，你的泪流在脸上，我的泪流在心里。其实不想走，其实我想留，留下来陪你度过灿烂的大学时光，陪你看莺飞草长，陪你看花谢花开。

我知道你为什么流泪，你在担心我们的未来，因为你看到了太多校园爱情最终的结局总逃不过劳燕分飞。何况我马上就要毕业了，而你才上大二，两年啊，两年的时间可以改变很多东西，你在担心我对你的爱会不会变，对不对？噢，我傻傻的丫头啊，两年时间算什么，你知不知道我为了等你的出现，我等了足足二十年，你想我会前功尽弃吗？

在遇到你以前，我是个没有故事的人，不是没有机会，而是因为我是个完美主义者，我要找的恋人是“三T”牌的——first、best、last。我要你做我最初的恋人，最好的妻子以及最后一起慢慢变老的人。

曾经有个朋友问我，看到别人甜甜蜜蜜地谈恋爱，你一点都不急吗？

我说不急，世上好的女孩很多，我不怕她们都被人抢光了，我只担心我的那个她出现的时候我不够好。似乎冥冥之中缘分已经注定，就在我为在大学里找不到心仪的女孩而感到遗憾的时候，你来了，带着江南女孩特有的似水柔情来了，带着妙笔生花的文采来了，带着一头如水的长发来了，只那么轻轻一甩，就带走了我的万千情丝，从此，我就深深地爱上了蕙质兰心的你。

你还记得吗？第一次牵你的手，一股电流暖遍了我们全身；第一次吻你的唇，我慌乱得咬破了你的嘴唇，你没有怪我；第一次吵架，我把你扔在大街上独自一人走了，你原谅了我；第一次送你回家，我在站台上只是绊了一下，你就扔下手中的礼品来扶我，那是你特意给你父母带的特产啊；第一次我因为失去父亲的伤痛而一蹶不振时，是你陪着我走过那些灰色的日子。第一次……太多了，你陪我把风景都看透，难道我还会去另外找个人来陪我看细水长流？

近段时间我忙着参加招聘会，旅途中对你的思念成了车窗外唯一的风景。那天我同时收到两家单位的聘用书，在留本地和去北京的问题上我征求你的意见，你不是说“两情若是久长时，又岂在朝朝暮暮”的吗？那为何我选择了发展机会较多的北京时你会问我：“毕业后你是不是就不跟我联系了？”傻丫头啊，你到现在还不明白我的心意吗？

“如果我拥有了世界和它无尽的财富，如果我拥有了宇宙和满天繁星，我仍然会不满足，但是我有了你，即使只有立锥之地，我也会心满意足……”

大柠，我不是一个爱过就算的人，你现在安心读书，我好好工作，等你一毕业我们就结婚，然后一起携手度过这漫长人生，好不好？

爱你的大林

2003 年 7 月 2 日

眼泪差点落在信纸上，我赶紧把信收起来，放在胸口，欣慰地笑了。这封信确实是一枚炸弹，是一枚甜蜜又温柔的炸弹，炸出了我的眼泪。

“你怎么了？怎么又哭又笑的。”对面的余乔望着我，不明所以。

“高兴又感动吧。”我微笑的脸上还挂着泪珠，牢牢把信捧在胸口。

“哦？是林某人寄来的情书吧？”余乔恍然大悟。

“嗯，也是承诺书吧，他承诺等我毕业就结婚。”

“不错哦！我等着吃你们的喜糖。”余乔笑道。

夏日清风吹过窗前的白色纱帘，仿佛婚礼上新娘子的白色婚纱。对未来生活的向往，像五彩气球拽着我的心飞翔。

第十一章

两座城很远，两颗心很近

林知逸曾说过，如果没有遇见我，他毕业后会像他的表哥一样回贵州老家工作，但是遇到我之后，只想要规划和我在一起的未来。

原本林知逸想离我近一点，找的是江苏本地的工作，但有一回我跟他说，我毕业后想去北京追寻文学梦。于是，他毕业后率先去到北京打拼。

随着林知逸毕业离校，我们开始了漫长的异地恋。未来的两年，我们相隔 700 公里，再也不能说见就见。

他离开的日子，思念就像长了草一样蔓延，走到哪儿都会想起他。

吃饭前掰开一次性筷子的时候，会想起以前这件事都是由他代劳，他会在掰开筷子后把两根筷子相互摩擦几下，说那样就不会划伤我的手了。

上晚自习口渴的时候，会想起以前这时他会递上一瓶水晶葡萄。如果恰逢那天晚上不小心亲吻，口中便会弥漫着香甜的水果味。

在教室上课窗外突然下起雨的时候，会想起他以前都会发短信问我在哪个教学楼，一下课走到门口，一定会看到他撑着伞在雨中等我的身影。

路过宿舍楼下小卖部的时候，会想到以前他站在这里大声喊我的名字，然后我下楼和他一起吃泡面。他说，没谈恋爱的时候觉得情侣吃同一碗面很不卫生，现在只觉得温暖。

同样的地点，少了同样的人，一开始是极其不习惯的。

走在熟悉的校园里，常常会想，此刻的他在做什么呢?

不能经常见面，电话费也得省着点花，天天上课很少有时间上网，手机短信是最常用的联系方式。

每天早上他都会给我发短信喊我起床："小懒猪，起床了。"室友们都称这个时间为"叫床时间"，比闹钟还准时。每天晚上临睡前，他怕我一个人无聊，都会发短信陪我聊天，我称为"床聊时间"。

白天他会发来"吃饭了吗""天气凉了，记得加衣服""现在在干吗"等平常的短信。

有时候我也会矫情地回一句："我今天没有做什么，只是在想你。"

为了能感受到林知逸时刻在身边，我还用他录的一段语音作为短信提示。

有一回上课，我忘记将手机调成静音，结果课堂上就响起了林知逸用贵州方言说的这段话："大柠，短信来咯！我是你朝思暮想日夜思念的大林啊……"

偏偏我的手机放在包的最底端，包里塞的东西又多，我左掏右掏怎么都摸不到手机，愣是让手机铃声兀自循环了一回。

我简直羞愤得想找个地洞钻进去。

那堂课之后，我被罚抄作业二十遍，写检讨两千字。颜面损失惨重。

这还不止，从那以后，只要我的电话一响，哪怕我已经把铃声调成最稀疏平常的声音，余乔、大帮她们几个就会说：“大柠，短信来咯！我是你朝思暮想日夜思念的大林啊……”

每到这时，我都恨不能把她们的嘴巴调成静音。

我问过林知逸这个问题：“我明明比你年龄小，为什么不叫我小柠，叫我大柠？”

他说：“因为大柠在英文里，就是‘亲爱的’意思啊！”

原来，n、l 不分的他把“darling”一直念成“大柠”！

突然有种说不上来的感动，觉得大柠这个昵称蛮好听的。

林知逸毕业后的第一个情人节，我们分隔两地，那天我没有收到期待中的情人节礼物。我问林知逸是不是忘了礼物的事，他说：“其实情人节礼物已经准备好了，可能是个惊喜。”

我很纳闷，因为一直等到晚上也没等到礼物。他让我耐心等待，并说是为我量身定制的礼物。

这份礼物一直等了三个月才收到。五月的阳光已很炽烈，中午吃完饭我拿着包裹单去邮局取包裹，邮政员递给我一个包裹，沉甸甸的。我抱着包裹，从邮局走到宿舍已经汗流浃背，内心不由得吐槽：大林这是给我送了块石头吗？怎么这么沉？

由于衣服都湿透了，回到宿舍我先洗了个澡才去拆包裹。午后的阳光透过窗户斜照进来，包裹里的东西闪闪发光——这是一个晶莹剔透、制作精美的水晶苹果摆饰，水晶苹果位于水晶立方体之上，像一颗纯洁的心。立方体上刻着我和林知逸的名字，名字下方是“执子之手，与子偕老”，最后还有落款：《燕赵都市报》2004 年情人节特别纪念。

翻开那张报纸，还是 2 月 14 日的旧报纸，上面有句熟悉的话：“遇到你之前我没有丢过一次东西，没有谈过一次恋爱，我会把我的细心和所有的爱倾注在你一个人身上。”

这不是林知逸当初对我的告白吗?

只是，我没想到，林知逸会把曾经对我的告白拿去发表。

原来，《燕赵都市报》举办了“情人节”征文活动，选十句最感人的爱情告白发表，得以发表的作者会获得报社特意准备的礼物。林知逸那句最朴实最真挚的告白获得了“最心动表白”称号。

我把收到礼物的事告诉林知逸时，他发来短信：“这可是专门为我俩打造的独一无二的礼物，是别人花多少钱都买不到的，就像我们的爱情，世上只有一对叫大柠和林知逸的相亲相爱的恋人。”

水晶苹果刚好重 1390 克，用林知逸的话说就是谐音“一生就你”，是报社用心良苦打造出来的。另外水晶苹果是易碎品，就像爱情，需要悉心呵护。

无论从那以后我收到过多少情人节礼物，我仍然觉得这是我收到的最珍贵的情人节礼物。

林知逸这人外表看起来温润如玉，没想到占有欲还挺强的。

有次他打电话给我，我刚好准备和同学一起吃饭，没聊几句就要挂电话。

他问我：“跟谁一起吃饭？”

“说了你也不认识。”

“男同学还是女同学？”

“男同学。”

“在哪儿吃？”

“在 M 饭店。”

“就你们两个人一起吃饭？”

“就我们两个人。”

“那你今天不要穿得太漂亮。”

“为什么？”

“见除我以外的男生，没必要穿得漂亮。”

“……”

我有些意外，他怎么变得如此啰唆？

我和那位男同学是同一个社团的，只是一起讨论即将举办的征文活动，顺便吃个饭而已。

那天我们刚点完菜，就看到五个熟悉的身影在隔壁餐桌前落座——是我们宿舍里的姐妹，余乔坐下时，还对我挤眉弄眼了下，一脸大写的“哟，怎么跟男生单独一起吃饭啊？有奸情哦”！

我腹诽：男生和女生之间就没有纯洁的友情吗？

那天吃饭时，我不停地看手机，以为林知逸会发短信过来，类似“早点吃完早点回宿舍”之类的，可是席间手机静悄悄的，我竟有些失落。

直到吃完饭回宿舍，手机仍然沉默是金。

临睡前，我给林知逸发晚安短信时，问他：“先前你那么不放心我跟别的男生一起吃饭，我这么晚才联系你，你不担心我吗？”

他回复：“你的人品我信得过，对你这点信任度还是要有的。”

“就知道你好，有包容心。”我会心地笑了笑，敲下这行字发过去。

然后，我突然想起在饭店遇到余乔她们的事情，于是问道：“今天晚上好巧，你们也在 M 饭店吃饭啊。”

大帮说：“是啊，好巧。”

余乔说：“有人请客，不去白不去。”

“谁请客？”我突然警惕起来。

大帮说：“这是个秘密！”

余乔附议：“对对，这是个秘密，困了困了，关灯睡觉。”

她们欲盖弥彰，我却恍然大悟，瞬间明白了请客的那个人应该就是林知逸。

我咬牙切齿地说：“你们这帮叛徒！”

异地恋的好处是小别胜新婚，每隔一个月才见一次面，每次见面时都仿佛是初见，期待中带着紧张。用林知逸的话说：“每次去车站接你，我的心跳就会加速。”

他真的让我靠在他胸前，聆听过他的心跳声，像个刚坠入爱河的少年。“扑通扑通扑通”，急促而有力的心跳声，我每次聆听时都有一种满足感，因为这颗心是因为我而跳得那么欢快。

异地恋的坏处是不方便沟通，容易产生误会。有些小问题见面能轻易解决，因为看着对方的表情，你就生气不起来。但是仅仅靠短信和电话，常常会将一件小事闹到不可开交的地步。

那时，为了节省电话费，我们多数时间都是靠短信传情，每条短信发出去，我都会期待他的回复，一般两分钟内他就会回过来。有时上课，将手机铃声关掉改成振动提醒，他的短信过来时手机在掌心振动，感觉很充实。虽然分居两地，感觉他依然像在身边一样，随时关心着我，在意着我。

有天晚上我和余乔一起逛街，在某商店看到一款不错的情侣装外套，打算给我和林知逸各买一件，我试穿上女款后才发现不知道他该穿多大的码。

余乔不忘奚落我：“你这个女朋友太不敬业了，都谈了这么久，还不知道他衣服的尺码。”

我低头给林知逸发短信：“你一般穿多大尺码的衣服？”

等了六分钟他都没回，我打电话过去，响了五声他才接，接通后直接甩过来一句：“我现在不方便接电话，回头打给你啊。”然后，他居然把电话挂了！

难得我破费给你买件衣服，结果短信不回，电话不接，这是要造反的节奏吗？我站在试衣镜前生闷气。

“美女，这件衣服您穿挺合身的，男款的您看要多大尺码的，我给您一起包起来吧。”营业员不失时机地上来推销。

“对不起，我先不买了。”我以最快的速度换回自己的衣服，冲出了那家店。

余乔在后面追我：“干吗不买了啊？你这个女人又发什么神经！”

“是某人发神经了！我这次要好好收拾他，作为我最好的闺密，你要不要站在我这一边？”

“必须啊！你看，从你打电话到现在，又是十多分钟过去了，他还没有回短信，这次，我挺你！收拾他！”

“那好，我现在就关机，回去后，如果他打电话到宿舍来，一律说我不在，你能不能做到？”

“放心！”余乔指天发誓的样子让我感觉友情才是最靠得住的。

关机前我给林知逸发了一条短信：“你好好忙吧，以后我不会打扰你了，再见！”

回到宿舍已快到熄灯时间，大帮说：“丁柠，你怎么才回来，你们家大林都往宿舍打了三次电话了，你赶紧给他回过去吧。”

“我才懒得回，下次他再打电话来，姐妹们都说我不在，拜托拜托大家。”我把包往床上一扔，拿上洗脸盆和毛巾去洗漱。

大帮疑惑：“你们这是咋了？早上不还好好的吗？”

余乔淡定地说：“小情侣闹别扭，正常！”

“我是动真格的好吧？他还是第一次挂断我电话！他再敢这么对我，我就和他分手！”我被冲动冲昏了头脑，口不择言。要不，怎么有人说冲动是魔鬼呢？

晚上熄灯后的床聊时间，大家不知怎么就聊到了异地恋这个话题，一番七嘴八舌的讨论后，大家意见逐渐趋于一致：异地恋很苦，很多都坚持不下来，如果一方总说工作忙而减少联系，回短信也不及时，甚至电话也不接，那么，要小心了，这是变心的前兆。

“咦，余乔你今晚怎么不参加床聊，平时不是你的话最多的吗？”大帮做完总结陈词后发现余乔一直躲在蚊帐里发短信，她没对今天的话题发表一句看法。

“我啊，我正在用实际行动拯救一对苦命的异地恋人呢。”余乔冲我扬了扬手里的手机说，“你们家林知逸刚刚给我发短信了，说他会快递给你一份礼物，让你注意查收。”

“那你帮我转告他——我才不稀罕他的礼物呢！”我气鼓鼓地说。

那个夜晚，我失眠了，之所以那么生气、那么决绝，他没及时回短信只是一个诱因。对这份异地恋，我也有些累了。尤其是期末教室紧张的时候，走了几个教室都找不到一个自习的空位，就会想起他帮我占位，一起上自习的日子；有时下雨忘记带伞，在教学楼的大堂看着身边的女生一个个躲进男朋友的伞里相拥而去，就会倍感孤单。周末看到女生楼的姐妹们一个个被男朋友接走，就显得我更加形单影只。就算乐观开朗如我，在这样的夜晚，也对我们的未来感到了迷茫。

第二天是周六，我醒来的时候已经十点多了，宿舍里一个姐妹都没有，就连平时喜欢窝在宿舍看韩剧的余乔也不见了，真是奇怪。我从上铺爬下来，带上洗漱用品睡眼惺忪地向公共卫生间走去。

我再回到宿舍的时候，余乔回来了，她说："你怎么才起来啊？快快快，我给你带了早餐，你吃完后把自己打扮得漂漂亮亮的，然后我们去取包裹。"

"什么包裹？"

"你家林知逸寄来的啊，让你今天十一点到北门传达室去取。"

"我不去，我不稀罕他的礼物！再说就算去取，为什么要把自己打扮得漂漂亮亮的？"

"你自己想想，你昨天最后那条短信那么决绝，要是他当了真跟你分手，今天就把他那里关于你的一切物品都寄还你呢？迎接这最后的礼物，你不应该隆重一点吗？把自己打扮漂亮一些是给自己更多的自信。再说，你要是觉得你写的那些小情书被传达室的保安传阅也无所谓的话，你也可以不去取包裹……"

"停停停，我去，我去！"一想到传达室的保安有可能大声念我写的情书，就感觉画风特别违和。

出门时，我执意将林知逸送我的所有物品都放进一个登山包里背着，我对余乔说："要是他胆敢像你说的那么做，我也马上将他的这些东西寄还给他，一秒钟都不想耽误。"

十一点，我和余乔准时到达北门传达室，果然看到小黑板上有我的名字。

或许是周末的原因，排队领包裹的队伍都排到了小广场，我前面大概有二十多人。余乔嫌晒，拿上我的登山包躲到旁边的树荫下乘凉去了。

我一个人站在队伍里，额头逐渐渗出汗水，心里却是洼凉洼凉的：林知逸，你就这么绝情吗？就算我发了那条近似于分手的短信，你也不挽回一下吗？还非要做得这么决绝，还要把我送你的东西全都寄还给我，太小气了，你还有一点男子汉的气概吗？算了！算我看走了眼。

我就这么怨怼着，一步一步地走到了签字处。

“叫什么名字？”保安问我。

“林知逸是个大坏蛋！”我神思恍惚，气冲冲地报上了心中正在骂的那个人的名字。

“嗯？这里没有‘林知逸是个大坏蛋’的包裹。”保安快速地扫了一眼他的本子，一本正经地说。

“哦，不对不对，我的名字叫丁柠，我是收件人。”

“你叫丁柠？”保安抬眼看了看我，“学生证给我看下。”

保安验完我的证件后，从他那个登记本中间抽出一张纸对我说：“来，你在这里签字。”

说完，保安拿着我签过字的那张纸走了出去，大约两分钟后，他拿给我一个包装袋。

我道了声“谢谢”，接过袋子，走出人群。

我一边疑惑包装袋似乎有些眼熟，一边打开看——居然是我昨天相中的情侣装的女款外套！

这时，余乔走过来，用吃惊的表情说："大柠，你家大林也太和你心有灵犀了吧！你们居然看中了同一款外套！很神奇是不是？"

我睨了她一眼："你确定这是心有灵犀而不是图谋不轨？"我很怀疑这家伙又收了林知逸什么好处，把我给出卖了。

还来不及和余乔对质，突然，北门附近的槐树旁出现了一个熟悉的身影。

他站在树下，阳光透过树叶的缝隙打在他的刘海儿上，他眼睛微微眯着，似乎一不留神就要睡着了。

他走向我，带着一脸灿烂的笑容，这笑容衬着他眼睛下方的黑眼圈，越发凸显出他的憔悴。我揣摩他一定是没买到卧铺票，在火车上站了一夜赶过来的。

走到我面前，他停下来说："大柠，我哪怕犯了错，你总得给我解释的机会吧！你手机关机，电话也不接，昨晚十点钟了你都还没回宿舍，你知道我有多担心吗？"

其实，看到他这副风尘仆仆的模样，我的心一下子就软了，所有的气话也烟消云散。只是，我脸上还是装出冷冰冰的样子："那你说，你为什么那么长时间不回短信？"

他解释道："昨天我坐的那辆车坏了，司机把我们硬塞到同一车次的下一班车里，里面人挤人，我掏手机出来都掏了好半天，而我的手机打字是手写的，要用到两只手，真的是没法回短信啊。我又不喜欢在公众场合接电话，你是知道的。"

我的眼前浮现出这样一幅画面——林知逸站在沙丁鱼罐头般拥挤的公交车里，费力举高手机，只为看我发来的短信，本以为是甜言蜜语，却是质问和类似分手的短信。他想要给我回复却囿于环境不能回，心急如焚。回到家后，他给我打电话想要解释，我却被坏情绪掌控，不给他解释的机会。情急之下，他干脆连夜坐火车赶到这里。

说不感动是假的，只是日光太烈，我宁可用笑容憋住热泪。

我把刚才收到的那件女款外套穿上，问他：“是不是余乔把这件衣服的款式告诉你的？”

他笑着说：“这并不重要，重要的是今天是我们第一次穿情侣装的日子。”说着，他也从随身背的包里拿出男款外套穿上。

“哇，今天一看，你俩真般配啊！”和事佬余乔适时地站出来说。

我说：“小乔，你传递信息有误吧？你说他会快递礼物给我，刚才领的这件衣服包裹应该是今天早上他带来的吧，去传达室签收什么的只是走个流程而已吧？”

“你傻啊！他快递的礼物就是他啊！”余乔拿手指戳了一下我的脑门。

“那刚才为什么要走我签字那个流程？”我疑惑了，直接把衣服亲手拿给我不是更直截了当吗？

“因为这个，这样你就不会跑掉了。”林知逸边说边将一张 A4 纸举到我的眼前，上书——

鉴于林知逸千里迢迢负荆请罪，对其之前的所有过失均不予追究，统统原谅。

钦此！

签字：丁柠

我定睛一看，签字处赫然写着我的名字。原来，这就是刚才我在传达室签的那张。当时虽有疑虑为什么要签字到另外的纸上，但没想到林知逸会联合保安来对付我，将那张纸对折起来，只把签字处留给我。

“鉴于我被你们联合演出的戏给骗了，所以你们今天的时间属于我！要请我吃饭！陪我逛街！”我对面前的这两个人说。

“那你的这个包还要吗？”余乔指指我那个装满林知逸送我所有物品的登山包。

我凑上去，在她耳边，一字一顿地说：“给——我——背——回——去！你这个叛徒，今晚回来跟你算账！”

余乔不动声色地说：“如果你还想要这个包，中午饭还是由你来请吧。”

我笑道：“我请，我请你吃鱿鱼。”

余乔嘟囔：“你明明知道我不吃鱿鱼！”

“有我在场，请客的机会还是留给我吧，想吃啥吃啥。”林知逸挺身而出。

“大林是爽快人，不像某人，又小气，脾气又坏，也只有你才受得了她。我们宿舍的人都很感谢你收了她，为民除害。”

“……”看着她一脸狗腿样，我很疑惑，这到底还是我娘家人吗？胳膊肘往外拐得也忒厉害了吧！

异地恋时，仅仅靠短信和电话保持联络是远远不够的。因为语言文字再美，也不及陪伴来得真切温暖。通常，每隔一个月我们都会见一次面。

相聚的时光尤其短暂，我们格外珍惜。一起逛街，一起吃饭，一起看电影，就和从前在学校一样。

有一回我去看他，两人晚上舍不得睡，搭了一晚上的拼图。

从深夜搭到清晨，一幅星空下的恋人图终于搭完了。

“星空下的恋人，我们在星空下拼完更有意义。”我说。

那时他住在郊区，那晚的星空分外璀璨。

“人生像一张大拼图，我的那张拼图偏偏少了一块，你愿意帮我补全吗？”他问我。

我笑了笑，说道：“我的那张人生拼图也偏偏少了一块，只有你可以补全。不如，在一起成就彼此的人生拼图吧。”

去林知逸工作的城市，每次分别的时候，他都会帮我拎上行李，亲自将我送到火车上。

每次都会拖到列车快要开了，他才依依不舍地下车。

我坐在火车上，透过玻璃窗看着站在月台上的他朝我挥手。

我微笑着，也朝他挥手，心里期待着下一次的重逢。

直到火车开走，他还没有离开，跟着火车跑了好远。

我曾看过一篇文章《亲爱的，你会为我跑几步》，说的就是离别的时候爱你的那个人会不会跟着你跑，会为你跑几步。那篇文章在末尾说：“你也可以问问那个说爱你到永远的人：亲爱的，你会为我跑几步？即使只一步，我们也该感动得流下眼泪。”

每次看到林知逸跟着火车狂奔的时候，我心里总是会涌现出一波波感动。

我当时想：哪怕将来不能在一起，只要记住离别时分他追逐火车的身影，就足够温暖我一辈子。

第十二章 我要对你的一辈子负责

和林知逸异地恋的这两年，我们除了经常通电话、发短信，也约定每个月见一次面，有时是他奔赴我的学校，有时是我去他工作的城市。

每次只要我收拾行李，打算去看望林知逸，余乔就会对我笑道：“哟，丁织女又去看林牛郎啦！”

我没好气地对她说：“是的，王母娘娘。”

余乔笑得花枝乱颤，然后神神秘秘地凑近我：“老实交代，你们鹊桥相会时，有没有那个？”

“有没有哪个？”我装糊涂。

“咱们都是成年人了，你就告诉我嘛，有，还是没有？”余乔循循善诱。

“有还是没有，对你而言都不重要吧。”我守口如瓶。

余乔一本正经地说：“对我很重要，我听说，男人女人只要睡在同一张床上，就会生孩子，天哪！你不会还没毕业就生孩子吧……”

我赶紧伸手捂住她的嘴，打断她：“你中学的生物课是体育老师教的吗？谁告诉你男人女人只要睡在同一张床上就会生孩子的？睡在同一张床上还得发生亲密接触才有可能怀孕，如果做避孕措施，根本就不会生孩子好吧？”

余乔挪开我的手，大笑：“你懂得真多啊！是不是实践出真知？”

“实践个鬼啊！我们很纯洁的好不好？”

“那么，就算你们没有那个，到底有没有同床共枕过呢？”余乔大有打破砂锅问到底的决心。

“这个……”我犹豫了下，“才不告诉你！”

“喂！丁柠，你到底有没有把我当好朋友？好朋友不应该无所不谈吗？”余乔急了。

我淡定回她：“好朋友不包括共享和男朋友之间的隐私，you know（你知道）。”

余乔最终还是泄气了：“好吧。”

其实，也不怪余乔对男女之间的事好奇，就连我自己都很好奇呢。

大二那年的寒假，因为我没买到回家的火车票，宿舍的同学都回家了，只剩我一个人在宿舍。

偏偏放假前两天，余乔又拉着我一起看了个恐怖片，于是，夜晚时分，整幢宿舍楼静悄悄的，我的脑海里不停回放恐怖片里的恐怖场景，内心十分恐惧，连上厕所都得拿出视死如归的勇气和决心。

刚躺到床上，又看到床头突然有只壁虎出没，更是吓得不行，赶紧给林知逸打电话。

那会儿已经凌晨了，如果不是我的午夜铃声，他一定会继续和周公约会。

电话通了之后，只听他迷迷糊糊地说了声：“喂。”

“是我啊，我现在一个人在宿舍，有只壁虎爬到我床边了，好恐怖啊！”

“你别管它，直接睡吧，它不会伤害你的。你要是害怕的话，可以到别的同学床上睡。”林知逸说得轻描淡写。

“可是，我还是很害怕，我前两天看了个恐怖片，那些画面老是不停地在眼前晃。”

“你就想，其实那些恐怖画面都是人为的，包括声音特效和画面特效。”

呃，纯理工科男生好理性，可是我做不到啊！

那天，我和林知逸聊了很长时间，聊到电话卡都爆了才结束通话。

第二天，我对林知逸说：“今天晚上，无论如何，我是不会一个人在宿舍睡了！”

“可是，你的火车票是明天晚上的，你今天晚上不睡，难道要去火车站待一天一夜？”

“我才不会那么傻呢！我们可以去网吧玩通宵，或者去看通宵电影啊！”

“你别仗着年轻就不爱惜身体，玩通宵对身体很不好。”林知逸口气严厉地教训我。

“那你说，我该怎么办？我真的不想一个人睡在我们宿舍了！平时她们叽叽喳喳的我还嫌她们吵，她们一走，我才意识到她们的重要性，只剩下我一个人，宿舍里一点人气都没有，大晚上的特别难熬！”

“这样吧，我有个同学小七在外面和别人合租了房子，他已经回家了，他的房间刚好空着，要不，你今天晚上在那边住一晚？”

我问：“为什么你同学要在外面住？”

“这不是你要关注的重点吧？”林知逸对我的问题感觉匪夷所思，或许，他觉得我的第一反应应该是为找到了落脚地感恩戴德吧？

但他还是回答了我的问题：“他在外面住是因为他想和女朋友享受二人世界。”

“哦——”我恍然大悟，然后想起了什么，接着问，“大学生可以在校外同居了吗？这合法吗？”

他停顿了下说：“我不知道合法不合法，我只知道，合乎人性。”

“那你……有没有想过和我一起同居？”

很显然，他被这个问题惊到了，正在喝水的他都呛到了，一连咳嗽了几声才缓过来。

“我没别的意思，我只是想……问个人性化的问题。”我也努力使自己的问题显得高大上，对应他刚才说的“合乎人性”。

“我没有想过和你同居，我只想过，我的余生希望能和你一起共度。”

我的心跳又漏了半拍，林知逸这个理工科男生虽然足够理性，可是每次说到关键处又足够感性，最起码，他的很多话都能把我打动。

或许真的应验了那句话——当爱神轻拍你的肩膀时，你就会变成诗人。

（这一段又回到上学时候了，时间线乱了。）

那天晚上，我抱着自己的床单被套，跟在林知逸身后，一起去他同学小七在外面租住的房子。

那是一间两居室，小七和一个女生合租。我们到那里时，是那位女生给开的门。

小七的房间比我想象中要干净整洁，或许是他女朋友帮他打扫的吧？

和林知逸坐在床沿聊天，我突然感觉气氛有些诡异，因为想到了“孤男寡女同处一室”这句话。

“今天晚上，你回宿舍睡吧？”我问他。

“嗯。”他轻声回答。

“哦。”怎么我感觉我的口气里倒带着淡淡的失望呢？

“怎么，你希望我留下来吗？”他仿佛听到了我的心声。

“啊？”被猜中心事，我一时难以应答。

“你如果一个人睡害怕，我就留下来陪你。”

“可是，这里只有一张床啊！”这回，我的脸估计真红成小龙虾了。

“你睡床，我打地铺就好。”

“这样……好吗？”我是典型的有贼心没贼胆。

“什么意思？”他不解。

“我是说，我们俩，男未婚女未嫁，这样同处一室，真的好吗？合法吗？”

“我不知道合法不合法，我只知道……”

“合乎人性。”我替他回答。

他笑了：“是的。”

空气凝固了有那么几秒，他说：“如果你现在后悔还来得及，我还能赶在宿管关门前回宿舍。”

“那你能不能保证……”我有些难以启齿。

“保证什么？”

“保证晚上不碰我。”

他愣了愣，然后说：“我保证。”

那天晚上临睡前，林知逸说出去买点东西，回来时手上却空空如也。

我问他：“你买了什么？”

“买了瓶水，路上太渴，喝光了。”

我竟然不疑有他地“哦”了声。

然后，我以为那个晚上我们会相安无事地睡一晚，但是……只怪那晚的月色太迷人。

关了灯，我穿着睡衣躺在床上，林知逸躺在一旁的地铺上。

窗帘没有拉，窗外的月光投射在地上，映照在林知逸的脸上，仿佛他的脸被晕染上了金色的光芒。

他闭着眼侧躺着，脸正对着我，我竟然看得入迷了。

“林知逸。”我轻声唤他。

“嗯。”

“你睡了吗？”我又问。

“快睡着了。”

“有这么貌美如花的女朋友躺在你旁边，你也能睡得着吗？看来我对你一点吸引力都没有啊！”

林知逸睁开眼睛，望向我：“我保证过，不碰你的。”

我翻身下床，躺到他旁边。

他疑惑地看着我：“你干吗？”

我说：“可是，我没有保证过不碰你。”

“你这不是引诱人犯罪吗？”林知逸这下彻底没瞌睡了。

“我是在考验你的自制力。”

“这比期末考试还难啊！”

我笑了，他则翻身过来，吻住了我的唇。那是我第一次感受到那种属于男性的力量，他的身体就在我上方，他的气息环绕在我周围，他的手臂撑在我的手臂旁。

也不知这个吻究竟持续了多长时间，我难以呼吸又无法自拔地沉浸其中。

后来，他又乖乖地躺到一旁，对我说："你还是回床上睡吧，不然我们俩晚上都没法好好睡。"

"好的。"我面色羞红地滚回床上，女孩子还是要有女孩子的矜持的。

半夜三更时，我还是感觉自己被一个人拥在了怀里，那人说："地铺太难受了！还是床上舒服。"

只是，此事到此为止，后续没有进展。

后来，林知逸告诉我，其实那天他临睡前出去买的是安全套，他第一次到药店买这种东西，买的时候很不好意思，感觉自己仿佛在做偷鸡摸狗的勾当。

我问他："既然你保证不碰我，为什么还要去买这个？"

他说："我担心自己会把持不住啊！"

嗯，很好，那天晚上，我们俩面对彼此的诱惑，都把持住了。

后来林知逸毕业，每次我去他工作的城市看望他，都会在他们单位的女生宿舍借住。

他们的宿舍是两个人一间房，条件比大学寝室好不少。

有一回，跟他同住的男同事有事去外地了，他宿舍就剩下他一个人。

那天下午我和他在宿舍一起看了几部经典爱情电影，看得我芳心大乱。瞥一眼林知逸，他却坐怀不乱。

晚上两人叫了个外卖，继续边看电影边吃饭。

吃完饭，我以为他会挽留我，结果他说："这部电影看完，我送你回女生宿舍。"

当时还是有女孩子固有的自尊心作祟，打死我也说不出"我留下来好不好"的话。

于是，我们唯一有深度亲密接触的机会就这样被林知逸浪费了。

我们结婚后，我曾问过他："明明当时有那么多机会，为什么都没有利用？是不是因为你自制力太好了？"

他说："不是我自制力太好，而是，我在自己没有把握能给你一个幸福未来的前提下，我绝对不会对你做出逾越的事。我不会贪图一时的享受，因为，我要对你的一辈子负责。"

听到这句话，我瞬时泪盈于睫。

第十三章

遥想公瑾当年，小乔初嫁了

余乔是我大学时最好的闺密，跟我同寝室住了四年，我睡上铺，她睡下铺。

常常有人问我什么叫“最好的闺密”，简而言之，就是有福同享，有难同当。而且，你们在一起时可以互相吐槽，互相整蛊，却从来都不会记仇，还以此为乐。

余乔就喜欢对我吐槽，比如她形容我吃饭时声音很大，会这么形容：“如果你和一只猪一起吃饭，我闭上眼睛，根本分不清，哪个是猪，哪个是你。”

有天她对我说：“将来你生个女儿会很好。”

我疑惑：“为什么？”

她说：“都说女儿长得像爸爸，林知逸比较好看，女儿像他肯定很美。”

我欲哭无泪，我的长相居然被鄙视了！

她还喜欢捉弄我，比如愚人节那天早上，她拿出一块饼干给我：

“这是奥利奥新出品的薄荷饼干，你吃吃看味道如何。”

我咬了一口，有清凉的感觉：“嗯，不错。”

“真的不错？”

“真的不错。”我继续咬了一口。

她开始大笑，笑得不怀好意，笑得我莫名其妙。

“你真的没吃出来牙膏的味道吗？”

“什么？牙膏？”我这才意识到自己被捉弄了。

余乔见我一副傻样，又发出一阵得逞的笑声，然后说：“是啊，我把饼干中间的奶油换成了牙膏，你居然没发现！你这个文字才女真是个生活小白！”

唉，早上起来应该先看日历的，谁知道那天是愚人节？

读大学时余乔是个“哈韩族”，对韩剧、韩星如数家珍，同时她也喜欢漫画，于是她的床头贴了一张某韩国流行男歌手组合的大幅海报和游素兰的漫画美女。我们宿舍里的人会开玩笑说那是“B&B”，即“Beauty and Beast（美女与野兽）”。

余乔鄙视我们不懂得欣赏艺术，说：“那么帅的帅哥怎么会是野兽呢？你们一定是外星人的审美。”

我们问她：“这几个帅哥，你最喜欢谁呢？”

她说：“我都喜欢，其中跳舞最好的这个我最喜欢。”她说着指向其中一位。

我说：“可是，难道你不觉得跳舞最好的这个是里面最不好看的？”

“长得好看那是次要的，关键是有才！”

大帮说：“可你刚刚明明说他们都很帅。”

余乔辩解：“虽然他们都很帅，但是我被他们的音乐折服才喜欢上他们的，我不是外貌协会的，我是才华协会的。”

我说：“我倒是外貌协会的，但我为什么找的对象外貌不是很好呢？”

“丁柠！”大帮等人一致对我怒目而视，攻击的对象马上从余乔转向了我。

好吧，我乖乖闭嘴。

不是外貌协会的余乔却是个大美女，长得极好看，好看到什么程度呢？

好看到——如果她出去上晚自习，一个人出去，能带一排男生回来，像小尾巴一样跟在她身后。毫不夸张地说，在男女生比例失调的理工科院校，像余乔这样美貌的女生简直是珍稀物种。

我对她提议：“与其出去上晚自习，还不如在床上学习。效率是一样的。”自从林知逸毕业，没有人帮我占自习座位后，我基本就在床上自习了。

余乔瞥我一眼：“那是因为你床上功夫好。”

我大窘，她的话太有歧义了吧！

别看余乔说话如此奔放，她其实是个乖乖女，恪守和父母的约定——大学期间绝对不谈恋爱。所以，无论男生们怎么变着花样追她，她都不为所动。

一般的男生意识到“落花有意，流水无情”后，倒也不强人所难，打了退堂鼓，偏偏有个叫钱多的男生抱着不到黄河心不死的决心，缠着余乔不放。

钱多只要半路上遇到余乔就会堵住她，给她念情诗，她简直不胜其扰。

余乔有个跟我们同校的高中同学叫赵云超，人称“超哥”，据说他高一、高二是典型的差生，每次都稳坐倒数第一名的宝座，高三时也不知受了什么刺激，突然奋发图强，高考时居然逆袭成功，成为全校的状元。可谓不鸣则已，一鸣惊人。

可是令余乔十分不解的是——他考了那么高的分数明明可以上名牌大学，最后怎么填志愿到我们这所大学。虽然我们学校也是211重点大学，可是跟北大、清华还是没法比的。

超哥对余乔还是蛮照顾的，每次寒暑假回家，他总是主动担当护花使者的角色，帮她拖着行李箱，陪她坐火车，一路把她送到家。

我们宿舍里的人一致认为超哥和余乔很般配，曾经起哄过：“超哥很不错，小乔从了吧从了吧从了吧！”

余乔高贵冷艳地回答：“可以啊！”

“哇哦！遥想公瑾当年，小乔初嫁了！”我们继续起哄。

余乔继续高贵冷艳地说：“我是说，你们随便谁从他，我都没意见。”

我连忙撇清关系：“不要拿我做文章，如果我从了他，我家林知逸怎么办？”

大帮怒了：“你们真是饱汉不知饿汉饥！这是要虐死单身狗的节奏吗？”

余乔淡定地说：“其实最痛苦的不是饥饿，而是一堆食物都摆在面前，却没有一样下得了口。”

“……”我们都无语了。

某天，小乔在去教学楼的路上遇到超哥，两人同行了一段路，钱多突然从半路杀出来。

“余乔，我们能不能谈谈？”钱多挡住余乔。

“你跟我谈吧。”超哥径自把钱多揪到一旁。

钱多皱眉：“你谁啊？别多管闲事。”

“我是她男朋友。”超哥不动声色地说。

别说钱多惊住了，就连余乔也惊住了。

钱多一脸狐疑地说：“骗谁呢？她前两天还没男朋友呢，现在多出个男朋友，我怎么不知道？”

超哥个子高，居高临下地望着他说：“你不知道的事情还多着呢！我和她谈恋爱还用得着通知你啊？”

钱多还在垂死挣扎：“我不相信。”

“不相信你问她啊！”超哥看向旁边一直局外人似的余乔。

啊？余乔挠头，该怎么回答呢？如果说“是”，那以后岂不是跳到黄河也洗不清了，可如果说“不是”，以后不还是要遭受钱多的连环骚扰？

她犹豫了一下，最终咬牙说道：“没错，他是我男朋友。以后如果你有什么事情找我，不如直接找他。”

这下钱多彻底蔫了：“那好吧。”

从那之后，余乔再也不用被钱多骚扰了，但是她会经常被我们骚扰。

不过，余乔的意志力也真是坚定，一直到大学毕业，她死也不承认她和超哥谈恋爱了，只承认她和超哥是放假一起回家、晚上一起上自习的好哥们儿。

毕业后，余乔去了深圳，超哥原本在家乡找好工作了，但一听到小乔去了深圳，他也把家乡的工作回绝了，奔赴南方。

跟随余乔去往深圳后，赵云超改名为赵云开，寓意为“守得云开见月明”，有时我们会称他“云开兄”。

本来两人就有多年同学相处默契的感情基础，再加上这千里追随的行为，云开兄最终打动了余乔的芳心①。

毕业后一年，这两人神速地结婚了。

得知这个消息，宿舍里的姐妹们都松了一口气。因为在我们看来，像余乔这样美好的女孩，需要一个真心对她的男生守护她一辈子，而赵云开能胜任这个角色。

余乔有一次打电话对我说：“大柠，你知道为什么赵云开当年高考成绩那么好却跑到我们大学来吗？”

“为什么？他填志愿时脑子进水了？”

“他说是因为我。因为我填的是我们学校，他就改了志愿。”

我忍不住两眼冒红心：“哇，多么偶像剧的情节啊！你就偷着乐吧，看你找到了多好的老公！”

“其实，感情这回事真的蛮莫名其妙的，你说我和他以前是高中同学，我那时候根本对他无感，他后来告诉我，说是高中的某节体育课开始喜欢我的。他暗恋我那么久，我根本不知道。

“后来，读大学，要不是钱多骚扰我，他也不会演他是我男朋友那出戏的。你可能都不敢相信，大学期间，我们之间真的很纯洁，谁都没有表白，就更别提牵手亲吻了。

① 关于余乔和赵云开两人的故事，详见大柠的另一本书——《往后余生都是你》。

“直到毕业后，他跑到深圳，我才意识到，原来，他是动真格的。他放弃了家乡条件优渥的工作，在深圳找工作找了两个月才找到，但这些苦他都没跟我说。终于找到一份不错的工作后，他才主动找我，向我表白。

“其实那时候，我已经发现自己对他有好感了，因为毕业后，我会经常想起他。起初我以为是不习惯，后来才意识到是喜欢。

“所以，他一向我表白我就接受了。

“大柠，你说感情是不是很奇怪？明明那个喜欢的人一直在身边，却没有意识到。现在我常常有种‘蓦然回首，那人却在灯火阑珊处’的感觉。”

我默默地听她说了那么久，内心都被她打动了，我说：“嗯，要不怎么有人唱‘爱情是一种很玄的东西’。”

“你改歌词了！应该是‘思念是一种很玄的东西’。”

接下来我俩的对话开始从歌词切换到电话 KTV 模式，对彼此唱情歌。

唱到最后，我们慨叹，我俩毕业后，一个在深圳，一个在北京，好久都没聚在一起 K 歌了。

然后，我俩几乎同时听到对方电话旁的男声：“都打了多久电话了？长途电话不要钱啊！”

原来，我们居然通了足足两个小时电话而不自知，怪不得林知逸和赵云开同时发飙了。

当年，我们宿舍一共就六个人，偏偏我们班最美的两朵班花都分到了我们宿舍，一个是长相大家闺秀型的余乔，还有一个是小家碧玉型的诗诗。

有一次，我问林知逸："我身边有两大美女，你怎么就看上了我？"

"因为你特别啊！"

"……"还不如说我丑来得直接吧。

当我们还是学生时，总期望早点毕业到社会大展拳脚，仿佛学校是牢笼，束缚住了我们的思维和才华。

等步入职场，我们却总是频频回望这校园时光。回首这时光，不仅是因为怀念曾经的自己，更是因为身边这些可爱的人，比如余乔、大帮这些宿舍里的好姐妹，超哥以及让我脱单的林知逸，正因为他们的存在，才丰富了我的青春时光。

第十四章

和你在一起才是全世界

大学毕业后，我自然义无反顾地北上，去往林知逸工作的城市——北京。我们为期两年的异地恋也画上了圆满的句号。

两年的时光，相见不易，过得也清贫，支撑着我们度过这段寂寞时光的，就是彼此对爱的信念。

或许正因为有那段分居两地的时光，我们才更珍惜现在在一起的每一天。

我和林知逸起初一人租了一间房，过着分居生活，但北京实在太大，房租也实在太贵，最终我们打着“节约房租”的名义同居了。

从大学步入社会，找工作是第一要务。我想找图书编辑相关工作，但又不是名牌大学毕业，也不是科班出身，还是职场经验为零的新人，找工作时难免碰壁。

找了三个月，终于有家图书公司愿意收留我，不过是一份营销助理的工作。

我征求林知逸的意见：“不是图书编辑的职位，还要去吗？”

“当然要去！你不是说只要能当图书编辑，哪怕不给工资都去吗？营销助理也能曲线救国。”

于是我就去了，哪怕那家单位离我们租住的房子挺远的，工资也不高。

有时候，一句话的力量也是非常强大的，只要它出自喜欢的人口中。

工作后，最头疼的是上下班时挤公交车。单位在三环边上，只要坐三环主路的车就可以。而三环主路最多的班车就是 300 路，上下班高峰 300 路的人多得出奇，足以把人挤成肉饼。

为了能舒服点，我后来上下班时再也不坐 300 路了，改坐 830 路空调车。虽然每天的开支多了两块钱，但总比身体受到压迫好。

为了纪念那些坐 300 路的日子，我把 QQ 上的签名改成了“我始终无法得到你温情的拥抱——300 路公交车”。

林知逸看到这个签名后，马上发过来一句话：“看你可怜兮兮的，晚上回家我给你一个温情的拥抱好吗？”

……拜托你看完再发言好吗？

由于和林知逸谈了两年异地恋，在北京重逢后我们恨不能 24 小时都待在一起。

我们发明了一个叫“抓小孩”的游戏——如果我和林知逸碰巧同时到达车站，被抓住的人就是“小孩”，得由对方牵着回家。

但是，我和他下班时间不一样，单位离家的路程也不一样，所以在车站碰到的次数并不多，以往无论是谁被“抓小孩”，两人都会兴奋好久。

有时他先到车站，就会给我发信息，问我到哪里了。

如果我只差一两站就到，他会在天桥上等我，我们把这叫作“鹊桥相会”。

每次到达车站，只要看到林知逸的身影，我就会兴奋地走过去，拍下他的肩膀，对他说：“我抓到你了！”

而如果我先到车站，他则会从身后追上来，轻轻揽住我的腰，在我耳边说：“我抓到你这个小孩了。”

“抓小孩”的游戏看起来有些幼稚，我们却乐在其中。

车站茫茫人流中，我们每次都能一眼认出对方。这一整天各自努力打拼，都没怎么联络，工作又忙又累，但只要一看到喜欢的那个人的身影，所有的疲惫都会烟消云散。

也是在那时候，我才发现，原来，不一定非得两个人相隔千里才叫异地恋，只要两个人不在一起就是异地恋。上班时把想念都藏在心底，下班后，心就像长了翅膀，迫不及待奔向所爱之人。

一个人住的时候，我对饮食十分不讲究，不是煮方便面就是到附近的小饭馆随便吃点快餐，能填饱肚子就成。

和林知逸住在一起后，我能够享受到的最大福利就是他亲手做的美食。他每天下班回家，都会钻进厨房忙碌。

不多时，厨房里会飘来诱人的香味，我禁不住诱惑，从卧室走出去看：“做什么好吃的了，这么香？”

他谦虚地说：“都是家常菜，你快去洗手，准备吃饭。”

我洗完手，把他炒好的几盘菜端到餐桌上，青椒炒肉丝、回锅肉、花菜炒肉片、西红柿鸡蛋汤，三菜一汤，看起来色、香、味俱全。

我夹了块回锅肉塞嘴里，味道简直绝了，都可以媲美餐厅厨师的水平了。

林知逸盛了两碗米饭，走过来，问我：“怎么样？”

“很难吃啊！”我故意皱眉道。

“是吗？”他有些疑惑地说，同时也夹了一块回锅肉尝尝，“我觉得味道还好啊！”

我笑了：“逗你玩呢！说实话，你的厨艺挺让我对你刮目相看的。”

他也笑了：“那你有没有后悔没有早一点搬过来和我一起住？”

我点头：“是有那么一点后悔，我应该早一点享受高级‘男佣’的待遇。给我做饭，还负责洗碗，早上叫我起床，晚上暖被窝，简直是五星级服务。”

“……”他沉默了一会儿说，“今天的碗，你负责洗。”

我不解：“为什么？”刚才我夸他难道夸得不到位吗？

“为了体现民主，男女平等，也让我体验一回有‘女佣’的感觉。”

我：“……”

由俭入奢易，由奢入俭难。吃惯了林知逸做的饭，公司楼下餐厅的快餐就吃不惯了。

于是，林知逸每晚做饭时会多做一点，第二天一早装到饭盒里，我带到公司。

午饭时，有不少同事带了便当。微波炉前，盒饭们排队等候。

我的盒饭经常被眼尖的同事发现：“哇！这是谁带的饭菜，这么丰盛！”

我非常骄傲自豪地说：“是我带的。”

同事用羡慕的口吻说：“没想到你做饭的手艺这么好，真是贤妻良母。”

我有些不好意思地说：“不是我做的，是我男朋友做的。”

同事用更加羡慕的口吻说：“哇！原来是爱心便当！”

很快，职场新人丁柠因“带好吃的爱心便当”而闻名全公司。

然后，同事们纷纷向我讨教林大厨私房菜做法，我索性在博客上开了一个栏目叫“林大厨私房菜”，谁知道，这个栏目比我写的文章还受欢迎。

从此，林某人在我博客上的人气迅速赶超我，被读者和朋友誉为“21 世纪的新好男人”。

他因此煞是得意：“我都不用费力写字，就赢得了超高人气。”

我“呵呵”两声：“那还不是因为我把你形象塑造得好。”

某人大言不惭道：“那是因为我原本形象就好，不然你怎么塑造？”

有天晚上同事们聚餐，饭局到尾声时，我给林知逸发短信：“饭局结束，我马上回去。”

他回道：“回来给我带包方便面吧！”

我倍感疑惑：“这么晚还没吃饭吗？”

“你不在，吃什么都没有胃口。”

我狂乐，我不在的时候，才意识到我的重要性吧？

“为所爱的人做饭是一种幸福，有一个愿意吃自己做的饭的爱人，那更是举世无双的幸福。你是个幸福的人，明天继续为我做饭，延续这种幸福吧。”写下这段话，我发了过去。

他：“……”

回到家时，他正戴着耳机坐在电脑前，我蹑手蹑脚走过去，重重拍了下他的肩膀，说：“一个人在看什么呢？这么专心。”

他似乎吓了一跳，拿掉耳机：“回来时怎么也不敲门？”

“是在看什么见不得人的片子吗？你这么紧张。”我扫过他的电脑屏幕，发现停留的页面是我的博客。

我霎时觉得太阳像是从西边出来了，他居然会悄悄看我的博客！

我把博客当日记本，有在上面记录生活的习惯，他有时会对此吐槽：“写博客又没有工资拿，你还不如多写点短篇小说，给杂志投稿赚点稿费呢！”

我笑了：“你怎么无聊到看我的博客？”

“我是怕你趁我不注意，在博客上说我坏话。”他关掉博客页面，转移话题，“方便面带回来了吧？饿死我了。”

我扬一扬手上的方便面：“在这里。”

他接过方便面，跑到厨房去煮。

我坐到电脑前，打开博客，登录进去，打算写点什么，发现系统有新评论提示。

“大柠，我会陪着你把一个个梦想都变成现实。一步一步地实现我们的第一个‘五年计划’、第二个、第三个……第 N 个。最温暖的爱情誓言还是那八个字——执子之手，与子偕老。”

是林知逸的评论，这是他在我博客上留下的唯一痕迹，但我知道，我写下的每一个字，他都看在眼里，记在了心里。

转眼，我上班整两个月了，上司让我写个转正申请。

我写过很多短篇小说，但还是第一次写转正申请，不知从何入手，就向林知逸请教。

他说：“让你写转正申请就是说明你这两个月表现不错，可以转正了。写转正申请只是走个流程而已，你随意发挥就成。写写这两个月的工作总结，以及对自己职业的未来展望。”

我心中雀跃，我终于要转正了啊！我也是有正式工作的人了啊！

我洋洋洒洒写了两千字转正申请交给上司，以为会得到一番表扬，孰料上司对我说：“你打字快，这是你的优点。但是你写的东西只让我看到水下一厘米，太过简略了一些，希望你仔细回顾、仔细思考后再写给我。”

我瞬间头大了。不是走个流程而已吗？我写得那么认真，还太过简略？

回到家，我把上司对我说的话告诉林知逸，他马上说：“哇！水下一厘米已经够冷的了，难不成让你写到水下十厘米才罢休？现在可是零下八摄氏度啊！”

话虽这样说，当天晚上，他还是陪我研究了我的工作性质，分析了我在工作中的不足，指导我重新写了一份转正申请。

第二天，我把申请提交给上司时，上司笑道：“经过我的指导就是不一样啊！这次总算写到水下三厘米了。”

这阵子工作忙且累，租的房子也快到期了，因为房东不再续租，我和林知逸只得重新找房子。

屋漏偏逢连夜雨，出版社和杂志社拖欠稿费，我去索要却无果，眼看马上要重新租房子，一下子要交三个月的房租，还是有些心焦的。

心情不好，因此博客也停更了一段时间。我当初写博客的目的就是“记录快乐，典藏幸福”，能给读者带来快乐的同时，日后回味起现在的生活也能会心一笑。

有读者留言：“大柠，好久都没看你写心情文字了，还蛮想念的，能否抽空更新下呢？”

于是，我发了一篇简短的博文说了下近况，最后一句话是：“爱情已经有了，面包也会有的。虽然我没有钱，但我还是努力微笑着面对每一天，不畏困难，勇往直前。”

余乔看到这篇文章，给我留言：“钱，很快就会有了。没有什么比幸福的爱情，更值钱。”

这家伙一向以损我为乐，难得这么一本正经对我说这么温柔体贴的话。

我盯着这句话看了良久——“没有什么比幸福的爱情，更值钱。”

有天早上一出门，便感觉到寒风扑面，有一股与平常不一样的冷气。

没走几步，有凉凉的东西钻进衣领里。抬头看，天空中有非常微小的雪花。

到了单位，外面的雪已经变得大起来，开始如鹅毛般纷纷扬扬飘落大地。很快，外面变成了银装素裹的世界。

我发短信给林知逸：“亲爱的，拉开窗帘看看。有惊喜哦！”

这样的一个雪天，可惜我还要加班。否则，我会和林知逸去公园看看雪景，拍拍照，或者就窝在家里不出门，外面白雪纷飞，我们就依偎着看经典电影，也十分美好啊！

不一会儿，林知逸的短信回过来：“下班后，我们去吃火锅吧。”

下雪天吃火锅，想起来就温暖。

我问他：“为什么要请我吃火锅？庆祝我来北京下的第一场雪吗？”

他说：“你的稿费单到了，也要庆祝下你拿到稿费的日子。”

“……”他这是用我的稿费请我吃火锅？

下班时，我刚走出办公室，就看到林知逸背着个包站在门口，我疑惑："你不是刚出门吗？怎么这么快就到了？"

"今天天冷，怕你着急，我打车来的。"

他云淡风轻一句话，却让我的鼻子微微一酸。

我们是北漂族，房租高，工资少，因此平时舍不得花钱，出门一般都是坐公交车。

我发现，林知逸总是把打车的机会留给和我约会的时候，平时他从来不打车。

他几乎没有对我说过"我爱你"，可是他对我的爱常常蕴藏在细小的点滴中：比如只有和我约会时才打车，只是担心急性子的我等得着急；比如每天早上都会为我准备一杯蜂蜜水，每天我洗澡后他会准备一杯温开水；比如我把梳子落在卫生间想去拿，他怕刚洗澡只穿睡衣的我着凉，就自己跑去拿；比如我洗完头，他会拿吹风机帮我吹干头发……

这些细节或许微不足道，可是每次想起来总觉得温暖。

虽然他从来都不说"我爱你"，但是他对我做的这些事情，让我明白，他是爱我的。

爱不只是用言语才能表达，爱更是用行动去落实。

和他在一起后，浪漫的爱情逐渐过渡到柴米油盐的琐碎，可正因如此，爱情才变得更加脚踏实地，让人更加心安。

或许这就是所谓的"岁月静好，现世安稳"吧？

林知逸这两天喉咙疼，说就像喉咙口卡着鱼刺一样难受。爱吃鱼的我没少被鱼刺卡过，知道那种滋味不好受。

他说可能受了凉，吃点消炎药就好了。孰料，吃了两天消炎药，仍然不见好转。

他每天早上都会和我一起起床，我去刷牙洗脸，他倒蜂蜜水给我喝，帮我准备中午吃的便当。他离单位近，原本不需要那么早起床，可以赖在暖和的被窝里多睡会儿。

我对他说："今天的蜂蜜水我自己准备，你多睡一会儿。"

他像一个小孩子一样蜷在被窝里，很乖地点头。

听他说喉咙越来越痛的时候，我恨不能把他的痛转移到我身上，让他不那么痛苦。

昨天我就劝他去医院，但是他不听，怕到医院医生会乱开药花冤枉钱。

我狠狠对他说："今天你的任务就是把喉咙治好，否则晚上就不许睡觉！"

他像个小孩似的嘟着嘴，摆着脑袋说："怕怕呢。"

他难得露出这副可爱的表情，我觉得好笑的同时，又有些心疼。

走出家门时，我忍不住回头，来到床前吻了这个男孩光洁的脸颊。

林知逸比我大，这么多年来，他一直为我挡风遮雨，对我宠爱有加，日复一日，把我宠得像个孩子。只有在这样的时候，他才会露出脆弱，就像个孩子，属于我的孩子。

我们是这座大大的城市里互相依靠、彼此最爱的孩子。

由于担心林知逸的身体，我上班时都提心吊胆，如坐针毡。

终于挨到下班时间，坐上公交车，然后一路小跑赶回家。直到他告诉我医生说并无大碍，心里悬着的一块石头才终于落了下来。

无辣不欢的他本来又想吃辣椒酱，被我拦住了，让他不要顶风作案，要谨遵医嘱，吃点清淡的。

"病人该吃什么清淡的，我不知道啊。"他可怜兮兮地说。

"您这位病人今天就好生歇着，我这就给您去熬粥。"明知他有装可怜的成分，我依然如他所愿。

我不善家务，做饭的天赋也不如林知逸，平时都是他洗手做羹汤，这还是我第一次为他熬粥。

当天晚上，他吃完粥，意犹未尽地说："看来还是生病好啊，这样才有机会尝到某人的手艺。"

我瞥他一眼："胡说什么？健康比什么都重要。"

那天晚上，外面风声大作，气温达到零下七摄氏度。

我和林知逸在暖和的被窝里相拥而眠。

听着外面风"呼呼"吹的声音，感受着爱人的温度，这未尝不是人世间的一大幸福。

原本我的心愿是希望将来我和他能结婚生个像他的可爱宝宝，如果他出差不在家，只要看着宝宝，就仿佛他陪在我身边。

现在，我的心愿多了一个——希望我和林知逸能健康快乐地活着。只要我们健康快乐，其他什么都无所谓。

有人说："输了你，赢了世界又如何？"

我刚到北京闯荡，林知逸是我在这座陌生的城市唯一熟悉的人、唯一的依靠。

那时，对我来说，林知逸就是我的全世界。有了他，我才能自由呼吸；没有他，世界再美，也是空白。

第十五章

我们终于合法同居了

早上醒来，我一看闹钟，都快八点了，赶紧推身旁的林知逸：“快起床，要迟到了。”

他应了一声翻身继续睡。

我见状又催促了一声：“赶紧起床！不然真来不及了。”

他终于爬起来穿衣服。

看他漫不经心的动作，我一边走向洗手间一边叮嘱他：“你快一点，豹的速度！”

我进了洗手间挤上牙膏正准备刷牙，突然有个人从背后把我拥住了。我说：“干吗呢？现在可没时间搞暧昧。”

他一本正经地说：“你不是说抱的速度，这就是抱的速度啊！”

“……”

那天上班，在拥挤的公交车上，我居然会想起刷牙时林知逸抱着我说“这就是抱的速度”的画面。

心里腾起一丝温暖的同时，我还想起了上学时的一个片段。

有次我和他一起在校园散步，只觉得秋风瑟瑟，我环抱着自己，几乎要像刺猬一样缩成一团。

当时我低着头看脚底下的树叶，脑海中浮现的是偶像剧里的画面：通常女主角冷的时候，男主角会脱下自己的外套裹在女主角身上。

正遐想联翩，一旁的林知逸伸出手臂揽过我的肩膀，紧紧把我拥在怀里。

他这突如其来的动作委实让我吃了一惊，我问："你干吗？"

他说："你想想看，从我认识你到现在，我给你买过多少'水晶葡萄'喝了。所谓滴水之恩，当涌泉相报（抱），就是要这样抱的啊！"

"……"乱用成语真是够够的了。

只是，他的怀抱真的好温暖。

依偎在他怀里，会想起一句歌词——"两个人的微温靠在一起不怕寒冷。"

异地恋的时候，每次分离很久才见面，两个人就格外珍惜在一起的时间，甜言蜜语都说不够，轻易不舍得说对方一句不是。但是住到一起以后，所有朦胧的美感变成柴米油盐的直白，同时，我也逐渐了解到温润如玉的林知逸的另一面。

某个周末，公司组织去天津某度假村玩，缓解下工作压力。原本是件可喜可贺的事情，可听说主要项目是泡温泉、游泳啥的，我就有些畏惧了：一来我不会游泳，二来就我那身材，也没有显摆的必要吧？

同事小 P 让我带上泳衣。我说："我没有泳衣，也不会游泳。"同时我脑补了下自己穿三点式泳衣的画面，觉得有些惨不忍睹，于是我问："我能不能穿多一点泡温泉？"

小 P 狂笑：“难不成你要穿毛衣泡温泉啊？”

其实我的意思是能否穿保守型泳衣。

我把此事跟林知逸复述了下，他说：“不会游泳怕什么呀，你有两个游泳圈，可以漂在水上的嘛！”

小样，胆肥了嘛，什么时候开始，居然敢对我这么毒舌了？

我到北京后的第一个中秋节是和林知逸一起过的。

我从小就爱吃鱼、虾、蟹，那天晚上，他特意请我去一家做香辣蟹很地道的餐厅吃饭。

我小时候生活在鱼米之乡，林知逸小时候生活在云贵高原，地域差异决定了我们的饮食习惯差异：比如我爱吃海鲜，他对海鲜毫不感冒；我吃得清淡，他无辣不欢。

那天我对付螃蟹对付得正欢，林知逸就坐我对面看着我吃：“我就搞不懂，你怎么爱吃螃蟹？费那么大劲才吃那么一点肉，投入产出一点都不成正比。”

就为了那么点鲜嫩的螃蟹肉，我戴着透明手套的手压根闲不下来，我忙里偷闲回他一句：“这就是你这种不爱吃螃蟹的人永远都不会懂的乐趣。”

他叹口气说：“要是逛街时，也能拿出你吃螃蟹的这种投入产出比就好了。”

我：“……”

吃完螃蟹，加水，之前的调料当火锅底料涮羊肉、蔬菜，林知逸终于有种活过来的感觉。

晚饭结束，我们步行走回住处，要步行二十分钟。走到中途，我说：“太累了，脚都不想活了。你可以背我吗？”

林知逸愣了下，看看周围："这不太好吧？"

我循循善诱："都晚上了，路上人不多，何况你们老家不都有娶媳妇、背媳妇的习惯吗？你就当提前体验下做新郎官的感受。"

他内心挣扎了几秒钟，终于下定决心，蹲下身："好吧。"

我憋住笑，大大咧咧地跃上他的背。

他"哎哟"几声，磨蹭半天，才站起来。

我趴在他背上，附在他耳边说："不是说每个成功的男人背后都有个伟大的女人吗？我这是让你成功的节奏。"

他回应："……这也伟得太大了，感觉最起码胖了五斤。"

"嗯？是不是膝盖痒了，好久没跪键盘了？来，我给你来点音乐，来点动力。"说完，我开始哼唱猪八戒背媳妇的音乐，"蹬等邓等邓邓，等等邓邓邓邓蹬……"

夜晚的北京灯火通明，我们沿着三环向我们住的小区走去。

两个再相爱的人，相处久了，也难免会遇到吵架的时候。

某天我和林知逸因为一些鸡毛蒜皮的事情吵架了。

事后，林知逸来安抚我，我不搭理他。

他："明天我带你去吃烤鱼，你最爱吃的那家。"

我："滚！"

他："你不要生气了，以后家务我承包了行吗？"

我："滚！"

他："今年休年假，我带你去马尔代夫旅行。"

我："滚！"

他："七夕了，我们滚床单好吗？"

我："滚！"

林知逸哈哈大笑：“好啊，那我们现在就滚好吗？”

我：“……”怎么有种掉坑里的感觉？

以往的中秋节我都是在学校度过，每到这个时候，学校里总会飘着桂花浓郁香甜的气息。

北京城太大了，我们所路过的每个角落都没有闻到一丝桂花香。我不禁有点怀念那种味道了，也开始回忆起我和林知逸在学校度过的那个中秋节。

那天，他和我一起在学校西门外散步，给我戴上定情信物水晶手链，唱了 *Because of You* 之后，我们走回学校，路过图书馆，他把他图书馆信箱的钥匙塞给我：“我信箱里有瓶矿泉水，你帮我取下。”

我不明白他为何要让我跑腿，但还是进了图书馆，打开他的信箱，发现里面有一盒包装精美的月饼。

我拿着月饼走出图书馆，看到他站在原地，害羞地对我笑。原来这盒月饼是他送给我的中秋节礼物。

虽然我并不是很喜欢吃月饼，但当时收到这份礼物还是挺高兴的。

他送我回宿舍的路上，一阵风拂过，带来桂花的香味，我说：“小时候，我有次去爸爸的工作单位，爸爸让我和一个姐姐一起玩。那个姐姐的房间很香，我问她是什么味道，她指了指她桌子上的玻璃瓶子，里面插了一枝黄色的花，她告诉我，那是桂花发出的香味。后来她也帮我折了一枝，我带回家夹到课本里，于是上课时，我都能闻到桂花的香甜味道。”

林知逸听完后说：“我去帮你折一枝桂花，你带回宿舍放到矿泉水瓶里养着，这样你的宿舍就是香的。”

我本来想拦住他的，但他还是跑到他们学院的教学楼后面采摘了一枝桂花送给我。据说他摘的时候刚好被他们学院的老师看到，吓得他后来一上那老师的课就躲到最后一排。

他说那是他第一次做小偷。

很久之后，我对他说："其实摘桂花是你第二次做小偷，因为你第一次做小偷，是偷走了我的心。"

回想起从前的点点滴滴，再看看眼前这个背着我走在异乡街道的男孩，我默默在心里说：希望，以后的每个中秋节，我都可以和你一起度过。

一天下午，林知逸凑到我跟前，神神秘秘地说："大柠，我团购了四张电影票，可以请你去看两次电影。"

我心花怒放，这小子还是蛮有浪漫细胞的嘛。

只是之后我俩一直忙于工作，在团购票快要到期前，才终于找到时间去了电影院。

他在电影院柜台前排队取票，我站在队伍后面等他。闲着无聊，索性拿出 iPad 埋头看韩剧《来自星星的你》。

等了半天，只见他抱着两桶爆米花从人群中走出来，我纳闷道："干吗买两桶爆米花？"平常只要一桶就够了啊。

"没想到团购网那么坑，写得不清不楚，居然团购的是电影院的爆米花，不是电影票。"他的脸上是大写的尴尬。

我瀑布汗。

见我不言语，他小心翼翼地说："现在这个场次没有票了，下一场得等一个小时，咱们是等还是现在走？"

我当时被《来自星星的你》的剧情迷住了，云淡风轻地说："不等了，现在走吧。"

他略感疑惑："以往我做这种乌龙事，你不是都大发雷霆吗？怎么今天脾气这么好？"

我说："忙着看都教授呢！没空发脾气。"

轮到他汗。

因为团购票即将到期，也犯不着为领爆米花再来一次。

于是，那天我们抱了四桶爆米花回去。

回到家后，林知逸犹豫着问我："大柠，真的没有惩罚吗？"

"谁说没有惩罚的？"

"跪键盘还是吃干抹净，你二选一。"

小样，还给我出选择题。我说："都不选，罚你陪我看都教授！连看四集！"

他："……"

于是，那天晚上，我们洗完澡靠在床头，抱着爆米花看都教授。

第二天，林知逸的 QQ 签名改成了"求陪老婆看情敌四小时的心理阴影面积"。

林知逸的朋友送了他两张演唱会的门票，他借花献佛邀我一起去看。

"谁的演唱会？"我一听演唱会就来劲了，心想是刘德华还是周杰伦呢？

"法国香颂天后的，叫什么凯丝的，名字太长，记不住。"他说。

"法语我听不懂，没兴趣。"我有些扫兴地说。

"一张票五百八十八块，你不去就浪费了一千多块钱！何况，人家法国天后难得到咱们中国一次，你就给人家赏个脸去看呗！而且人民大会堂多气派啊！你去看看也能长点见识，对你写作也有好处啊！”

一千多块钱！人民大会堂！写作！这几个关键词足够打动我了。

穿过宽敞明亮的人民大会堂，走在柔软的红色地毯上，我遐想联翩，仿佛自己正走在婚礼的红地毯上。

于是，我对一旁的林知逸说：“在教堂举办婚礼时，走的红地毯应该也跟这个差不多吧？”

他看着我说：“我又没走过，怎么知道？”

也对哦，我怎么会问这么傻缺的问题？

他问我：“你是不是想结婚了？”

“随便问问而已。”我才不会主动求婚呢！

虽然法国天后唱的是法语歌，我们听不懂，虽然这个歌手之前不认识，观看的位置不是很好，但是我们依然看得津津有味。

我一直认为：一起看演唱会也好，一起旅游也罢，不在乎演唱会到底精不精彩，不在乎风景美不美丽，关键是陪你的那个人对不对。

有时候，与喜欢的人在一起做同一件事情，就是一种幸福。

余乔有一回打电话问我：“你和林知逸都已经爱情长跑这么多年了，有没有想过什么时候结婚？”

“这个问题你不要问我，你应该问他。我绝对不可能放下身段主动求婚的。”以前谈到结婚这个话题我也恼火，林知逸每次都说不着急。后来我也想通了，着急结婚才不好呢，因为没结婚时分手叫失恋，结了婚分手叫离婚。虽然只是一纸合约的区别，但名称一换，性质却大不相同。

不久后的某一天，林知逸下班比我早到家，他做了满满一桌子丰盛的饭菜，全是我最喜欢的菜，我疑惑：“今天是什么日子啊？”

“不是什么日子，但只要和你在一起的每一天，对我来说，都是特殊的日子。”林知逸说得一本正经。

好久没听他说情话了，还怪不习惯的，我问他：“你是不是做了对不起我的事情？”

“你真是想太多了，我对你好，你还把我往坏处想。”

即便如此，我还是心下狐疑，总觉得今天有哪里不太对劲。

等我吃到七分饱的时候，林知逸突然问我：“你是想做我的媳妇，还是想做家庭主妇呢？”

“做了你的媳妇不就是家庭主妇了吗？二者有何不同？”我很纳闷。

不过，这莫非……是在向我求婚？

“主妇就是负责煮饭的妇女，媳妇就是负责洗衣服的妇女。”

“我才不做！”

“那你的意思是不想做我的媳妇了？”

“如果结婚的意思就是要变成洗衣做饭的黄脸婆，我才不要结婚！现在每天吃你做的饭，感觉倍儿爽。”

“是你自己说的啊！那以后就不要再问‘什么时候结婚’这样的问题了。”

“……”有这样求婚的吗？一点诚意都没有好吗！

我写作时往往是沉迷其中的，通常在电脑前一坐就是几个小时，身体终于抗议了，我忍不住说：“脖子好痛啊！”

林知逸提议：“去医院看看吧。”

我不肯：“不是什么大毛病，犯不着去医院。”

于是林知逸上网查询：“咦，有个人跟你一样脖子痛，但是扛了罐煤气就不治而愈了。你也不用扛煤气罐了，你到楼下的超市扛二十斤米回来保管不痛了。”

“……”我睨他一眼，“不要趁火打劫好吗？”

他笑笑：“开个玩笑而已。网上说热敷和千年活血膏不错。我待会儿先帮你热敷一下，然后我下楼帮你买千年等一膏。”

我狂笑：“哈哈，还千年等一回呢。”

他帮我热敷时，我趴在床上，他把热毛巾敷在我脖子上，还顺便给我按摩后背，然后讨好地问：“怎么样？舒服吧？是不是有享受五星级服务的感觉？”

我“嗯”了一声，他趁热打铁：“有个机会可以让你一辈子享受这种服务，要不要考虑？”

“干吗？”我疑惑道。

“我们只要去民政局花九块钱领一张证书就好了。”

原来又在拐弯抹角求婚啊！这么简单就答应他可不成，我冷哼道：“玫瑰呢？戒指呢？单膝下跪呢？”

他说：“我现在不就跪着给你按摩吗？玫瑰上学时不是给你送过吗？”

我说：“你送的那是玫瑰吗？那明明是月季好吗？”

他解释：“第一次送花没经验，说明我那时候多么纯洁啊！”

我说：“玫瑰关、单膝下跪关过。那戒指呢？”

“首饰什么的太俗了，而且我不喜欢束缚，所有项链、手链、手表我都不爱戴。”

“是我戴，不是你戴，understand（理解）？还有，你不喜欢束缚，那你有本事不用皮带啊！”

“……”他略停顿了下，说，“好，我改天带你去珠宝店选戒指。”

怎么感觉他按摩的力道比之前大了？

还记得和林知逸谈恋爱后，我过的第一个生日。那次他要去南京参加招聘会，就没能陪我一起过生日。

虽然那天他人没到，礼物却到了，蛋糕和玫瑰、贺卡和书信，托别人转交给我。

贺卡上写着："大柠，生日快乐！我保证，这是最后一次大林不能陪你一起过生日。爱你的大林。"

后来，他真的实现了他的承诺，哪怕分居两地时，也会赶过来，陪我一起过生日。

我们在北京同居了四年，每次我过生日，他都不会忘记，生日蛋糕、生日祝福总少不了。通常蛋糕上写的是稀松平常的四个字——"生日快乐"，但有一回生日蛋糕上写的是"爱柠一生"。

和往常一样点完蜡烛，许完愿望，正打算切蛋糕时，林知逸说："我要把这四个字吃下去。"

林知逸吃蛋糕向来只吃点缀的水果和中间的蛋糕，从来不吃奶油和果酱，他觉得太甜了。

我提出异议："可是，这四个字是草莓果酱做的，你不怕甜吗？"

他信誓旦旦地说："这四个字是我的承诺，为了以后能过甜蜜的生活，这次吃点甜的算什么，跟你一起吃苦我都不怕。"

听着怎么有种我将来要跟你一起吃苦的错觉？

他把"爱柠一生"这四个字吃完后，从口袋里掏出一个红色的小盒子。

也是在这时，我才注意到，他今天穿得比平常正式。突然，我的心就扑通扑通欢快地跳起来——莫非，他想……

他打开盒子，里面一枚银色的戒指上镶嵌着一颗闪闪发光的钻石。

他说：“我悄悄量过你的指围，不知道合不合适。你戴上去试试看。”说着他把戒指取下来，戴到我的右手无名指上。

不大不小，正合适。

一个不喜欢戴任何首饰的男人，为了求婚，悄悄量了我的指围，一个人跑去珠宝店买戒指；一个不喜欢吃甜食的男人，为了给我过生日，每年我生日都会定制蛋糕，点上生日蜡烛，和我一起许愿；一个不喜欢大城市拥挤生活的男人，为了我的文学梦想，率先来到北京打拼，陪我一步步实现梦想。

他有那么多不喜欢，却只因为我喜欢，他会甘之如饴。

想起这些，我内心涌起一阵温暖和感动。

不管他这次求婚多么姗姗来迟，我依然对他说了三个字：“我愿意。”

2009 年的 9 月 9 日，我们去民政局，领了两个小红本，本子上有我们依偎在一起微笑的合影。

从那以后，我们终于合法同居了。

第十六章

婚后与婚前的区别

提到结婚，就难免会想到幸福满满的婚纱照。毕竟，结婚对每个女孩来说，都是一生一次的幸福，是从女孩蜕变成女人的重要历程。哪有女孩不希望把这幸福美好的瞬间定格在画面中，永久珍藏呢?

我给林知逸布置了一项任务：务必要挑好一家合适的性价比较高的婚纱摄影机构，等周末先去店里看看。

晚饭后他就开始在网上搜索婚纱摄影店，我看他目不转睛盯着屏幕，正想夸他，孰料他非常得意地说："挑选影楼还挺好的，可以明目张胆地看美女，老婆也不管，还以为我挑得认真呢！"

Pia 飞他！都结婚了还不老实。

以前我提出和林知逸一起拍情侣照，他欣然应允。

结果到了摄影棚，化妆师给我捣鼓了半天，根本没给他化妆。

拍照时，摄影师也尽情对着我"咔嚓"，完全无视他的存在，后来在他主动要求下，才有了几张合照。

回到家后他问我："你到底是拍个人写真还是情侣照？"

我说："怪我咯？我起初说的是情侣照，只怪我太美，摄影师拍得根本停不下来。"

他："……"

没想到他一直为此有些"耿耿于怀"，拍婚纱照时，影楼让我做的选择题中有一道是：你希望谁的照片多一些？ A. 合照多些；B. 新娘多些；C. 新郎多些。

林知逸说："你选 C。"

当然，我没让他如愿，我选了 A。

周六，我和林知逸去购置家居用品，他相中了一款床垫，躺在上面半天都不肯下来，还邀请我一起去试睡。

我看看四周人来人往，一想起我们在众目睽睽之下同床共枕的画面，就觉得羞愧。所以，我拒绝了试睡的好意。

林知逸大概是逛累了，躺在床垫上好半天才下来："这款床垫蛮舒服的，要不就买这款？"

我一看价格标签，哎呀，快一万元了！

我赶紧拉他走："太贵了，而且和我们已经买好的床不匹配。"

林知逸半信半疑："是吗？不过人的一生有三分之一时间是在床上度过的，咱们什么都可以节省，床上用品可不能节省，何况我们是新婚夫妻，好床垫才能证明我的实力……"

生怕他会说出什么虎狼之词，我连忙打断他："行了行了，我知道了。"

余乔之前推荐我买某宝的床垫，我看价格适中，于是试睡了一下感觉不错后，毫不犹豫地买下来。

结账的时候，林知逸稍稍有那么一点不开心，虽然没有表现在脸上，但是我能感觉得出来。估计他还在惦记着那张万元床垫。

那天购物的人很多，连付款都要排队，而且队伍很长。

排队的过程中，某宝的售货员开始没话找话了，她对我说：“你家先生长得真是面善啊，笑容满面的，好脾气啊，找到他是你的福气啊。”不等我回应，她继续说，“你看着挺厉害的，你们家应该是你做主吧？”

她话音刚落，林知逸“扑”的一声笑了出来。

我心想，人家说我厉害，你有必要笑得那么夸张吗？笑容里明显带着一点解气的报复有木有？

我和林知逸追忆校园时光时，他突然想起某个片段，问我：“以前我们一起坐公交车时，你摸我的脸干吗？”

我说：“怜爱呗！”

林知逸说：“不对！那叫勾引、调戏！我们还没正式谈恋爱呢！”

“那现在呢？”说着我挑衅地摸了一把他的脸。

他很享受、很陶醉地说：“爱抚！”

我：“……”

最近也不知怎的，总能遇到嘴巴甜的人，遇到我就一阵猛夸，被别人夸的次数多了，我难免有时候会“自恋”一下。

有一天，我问林知逸：“你娶了个有才又会赚钱的老婆，会不会睡觉都偷着乐啊？”

他说：“不会。”

“嗯？”我很纳闷。

他：“白天乐。”

我：“……”

周六中午，林知逸吃完饭，径直去书房用电脑，我仍在客厅吃午饭。

突然，书房传来一声大笑，我正疑惑他在笑什么呢，他走出来，用揭穿我秘密的口吻说道：“我说你之前猫在书房津津有味地看啥呢，原来是看流氓的片子啊！”

我马上反驳：“我看的是《天国的邮递员》，再纯情不过的片子了！”

他说：“你自己去看看那画面有多纯洁。”

我将信将疑地走到电脑前，结果发现刚好停留的这个画面加上那句对白确实让人浮想联翩啊。

画面上是一对男女，女主用哀求的眼神看着男主：“这样我们就一起干吧。”

“……”

某天临睡前，我突发奇想对林知逸说：“要是我有天写本书拍成电视剧，我俩去里面客串怎么样？”

他说：“到时候国美和苏宁肯定生意火爆，买电视机的人络绎不绝。”

我心想，这家伙挺支持老婆的事业嘛！

未料他接着说：“家里的电视机都被臭鸡蛋砸坏了，只能来买新的了！”

我：“……”

从小到大，很多人看到我第一眼就注意到我的大耳垂，然后说：

“大耳朵好福气哟！”

我有天对林知逸说起此事，然后说：“我的大耳朵应该也会带给你福气。”

他凑上来，把我的耳垂轻轻咬了一下说：“跟着你，有肉吃。”

……满面通红，心旌摇荡，这是怎么回事？

周末要改善伙食，林知逸说待会儿买鱼做给我吃，我这个“鱼王”笑眯眯地对他说：“跟着你，有鱼吃。”

人家是鱼肉朋友，我俩岂不是“鱼肉夫妻”？

早上起床，我发现林知逸的嘴唇上方贴着创可贴，样子看起来有些滑稽。

我憋住笑，慰问了下：“你这是怎么了？昨天晚上还好好的呢。”

他回答：“刮胡子时不小心刮破了。”

我偷偷拍了张林知逸贴创可贴的照片发朋友圈，配的文字是“创可贴男人”。

余乔看到后留言：“肯定是你咬的吧？家庭暴力啊！”

我窘。

当天晚上，林知逸下班回家时，我发现创可贴还贴在他的脸上，疑惑道：“你不会一直贴着创可贴上班吧？”

他说：“我本想一到单位就拿掉的，结果拿掉还出血，于是重新拿了张新的贴上了。”

想起余乔的留言，我很好奇他同事的看法，于是问他：“你同事看到没说什么吧？”

他说：“早上一上班，我同事就很惊讶地问我：‘林知逸，你咋啦？昨天跟你老婆打架啦？’”

窘，这位同事居然跟余乔心有灵犀。

“那你怎么回答这位同事的？”我现在在乎的是这个，千万不要给别人留下我有家暴倾向的坏印象。

他一本正经地说：“我说，我们没打架，只是昨天晚上动作太激烈了。”

我：“……”

我和林知逸因为某件事有分歧，于是开始争吵，最后我说：“嫁给你还不如嫁给一头猪。”

“那是不可能的。”

我看他那坚定的语气，心想：是啊，尘埃落定了，都没有后悔药了。

结果他说：“因为近亲是不能结婚的。”

我：“……”

有天晚上，我在杂志上看到一篇文章，感觉说得蛮有道理，便推荐给林知逸阅读：“你去看这篇关于男人犯贱的文章，学习学习，以免以后犯贱。”

他却正眼也不瞧杂志一眼，只说：“我现在犯困！”

我：“……”

我发现婚后和婚前有一个很大的区别：婚前，每次和林知逸出去约会我都会打扮一番；婚后，在他面前我就不怎么注重形象了。

可能是潜意识里认为：反正都是一家人了，我再真实的样子他都见过，在他面前用不着修饰，旧的棉 T 恤也能当睡衣穿。

有一回，我洗完澡穿上了余乔送的真丝睡衣，刚从浴室走出来，就见林知逸两眼放光地盯着我看：“哟！换新睡衣了！”

我想都没想就说：“来大姨妈了。”

林知逸笑了：“你想太多了吧！换新睡衣和大姨妈之间有什么关系吗？”

真的是我想多了吗？

“那你刚才怎么一脸猥琐地盯着我看？”

他：“……”

和林知逸一起出去玩，爱臭美的我让他给我拍了不少照片。

回来看照片时，我发现很多照片都把我拍胖了，意识到该减肥了。

突然看到一张能看的照片，照片上的我站在大树旁边，我眼前一亮：“这张好，不胖。”

林知逸点头表示赞同：“嗯，确实。”

我窃喜，莫非自己不需要减肥？

结果他接着说：“关键是旁边有棵更胖的树。”

我：“……”

某天晚上，我和林知逸滚床单后，正是爱意汹涌之时，我借着这汹涌的爱意，问他：“林知逸，你为什么爱我？”

“这个问题你都问多少遍了？”

“我就喜欢问！你回答一下嘛。你为什么爱我？”

“因为我们第一次见面，你就让我吃你的剩饭，从此我就吃定你了。”

他这回答，为什么让我心旌摇荡呢？

婚后与婚前还有一个区别——

婚前：两人吵架可以吵得天翻地覆，你死我活，精力特旺盛，我还常常为此情绪很不好，而且还可以冷战几天。

婚后：即使吵架了，晚上我照样呼呼大睡，第二天醒来完全忘记昨天吵过架了，跟失忆了似的。

有天晚上和林知逸闹别扭了，第二天早上起来，我并没有和前几回吵架一样，第二天啥都忘记。

我跟他说："我这回可没失忆。"

他说："你没诗意，说明你当不了诗人。"说完，他还格外嘚瑟地唱着："诗情画意，虽然美丽，我心中只有你！"

我："……"

第十七章

又多了个爱我的女人

婚后一年，我怀孕了。

林知逸给我买了几本胎教书和育儿书，让我当“研究生”。

有本胎教书的理念是：要把肚子里的小生命当成你的朋友，给TA讲故事，陪TA谈心，别以为TA不懂，其实TA和你会有心灵感应。

有天晚上，我把这个理念灌输给林知逸，并让他给小宝贝讲个童话故事。

他欣然应允，开始讲故事：“从前有个小男孩去海边玩，看到一个贝壳在忙。他问贝壳，你在做什么？贝壳说，我在做珍珠。”

我腹诽，他不是在讲童话，是在讲冷笑话吧？

他继续讲：“小男孩对贝壳说，你能把你的珍珠给我看吗？贝壳说，不行，珍珠在我的肚子里，它是我的宝宝。”

这个童话太冷了！

我让林知逸给小宝贝唱儿歌，他想了想：“我不唱儿歌好多年，早忘得一干二净了。你唱功比我强，还是你来吧，别让我误导孩子了。”

“可是，胎教书上说，爸爸的声音要比妈妈的声音更具穿透力，小朋友更容易听到。”

“好吧，那就劳烦小宝宝听下爸爸的噪声了。”他说完开始唱，“小燕子，穿花衣，年年春天来这里……燕子说，这里的山路十八弯，这里的水路九连环……”

我汗，唱《小燕子》也能唱到《山路十八弯》，瞬间从儿歌过渡到民歌，真是醉了。

临睡前我让林知逸继续进行伟大的胎教事业，声称娃娃的教育要从小抓起。

他说：“宝宝，今天我要给你讲个故事。”

我竖起耳朵，准备认真聆听。

他接着说：“从前有个小孩，他很困，于是他讲故事的时候讲着讲着就睡着了。”

说完他就闭上眼睛准备睡了。

我对他简直无语，极力鄙视他的行为：“你讲这样的故事，宝宝得多失望啊！”

他却一脸无辜地说：“做人要实事求是的嘛！我这是以身作则，我困了当然要睡了。”

我问林知逸：“以后，我们的孩子要是调皮捣蛋，摔手机，破坏家里的财产，你打 TA 不？”

他毫不犹豫地说：“不打，大人不计小人过。”

随着时间的推移，肚子里的宝宝越来越不安分了，经常拿我的肚皮当足球踢。

我向林知逸告状："你家娃又踢我的肚子了。"

他说："TA的房子那么小，又黑漆漆的，你就让TA随心所欲吧。"

"……"怎么有种我的女王地位即将要被颠覆的感觉?

看着我的肚皮因宝宝的动作时不时隆起一小块，林知逸说："当初吴承恩写《西游记》时，可能吸取了他老婆怀孕时的灵感，于是就有了孙悟空钻进铁扇公主肚子里的经典场景。"

他这脑洞开得也蛮大。

情人节前夕，我友情提醒林知逸："明天好像是个特殊的节日哦！"

他一愣："啥节日啊？"

我说："情人节。"

他"哦"了一声。

我再次友情提醒："你不表示表示吗？有没有礼物什么的。"

他指指我的肚子："我家小宝不就是我给你最好的礼物吗？"

我晕："貌似这是中秋节礼物好不好。"

每当我回想起怀孕的温馨时刻，总是会想起这几幅画面——

早晨晨曦微露时，林知逸牵着我的手，陪我在小区的绿化带散步。

下班时他去单位接我，问我喜欢吃什么，或者带我去饭店，或者回家为我洗手做羹汤。

每晚临睡前，他常常一只手轻轻放在我的肚皮上，然后哼唱他会唱的那有限的几首儿歌。

孕晚期，我的肚子大得弯腰都费劲时，他会蹲下身为我穿鞋穿袜，还给我剪脚趾甲。

如果碰上我心情不好，他会开导我：“有什么好郁闷的？对我来说，每天都充满了希望，因为每过一天，离跟我家小宝见面就又近了一天。”

每每回想起这些画面，总觉得内心无比柔软。

那是我见过的林知逸最温柔的一面。当我们有了爱情的结晶，初为人父的他，想要给 TA 全世界的美好和善意。

生宝宝时，我刚进产房不久，林知逸也进来陪产。

我躺在产床上，阵痛让我疼得满头大汗，说不出话来。

林知逸大概是见我一脸痛苦，想逗我开心，于是问我：“想听什么笑话吗？我讲给你听。”

“讲什么笑话啊！你别说话。”我喝他一句。

他后来跟我说，其实他是想帮我分担一点痛苦，他那时候甚至在想，如果我身上的疼痛都转到他身上多好。

大概一小时后，随着一声清亮的啼哭，我们的宝宝出生了。

“老婆，宝宝出来了。”林知逸附在我耳边说，“你辛苦了。”

医生去给宝宝擦干身体，他一直陪在我旁边，我问他：“是男孩还是女孩？”

他说：“还没问。”

我：“……”

这时，医生已经把宝宝包好，走过来，对我们说：“孩子很健康，是个女孩。”然后医生把宝宝放到我的胸前，或许是感受到母亲心跳的缘故，宝宝瞬间停止了啼哭。

林知逸对我说：“女儿，我最喜欢。这辈子我又多了一个我爱的、爱我的女人。”

我还沉浸在小生命降临的喜悦中，来不及回应，林知逸俯下身，对宝宝说："你妈妈生你时受了苦，你一定要对你妈妈好。"

一瞬间，鼻子酸了。

我和宝宝被推进病房后，林知逸给我讲了个小插曲。

他刚才进产房前，护士拿了条蓝色的裤子让他换。他愣了下，看看四周，旁边有三位女士，还有一位男士正在系蓝色裤子的带子。

他想，这位男士怎么有勇气在大庭广众之下换裤子的？

他本来还在犹豫，但想到老婆在产房生孩子，自己还是别磨蹭，赶紧换了进去吧。

他拿出壮士断腕的决心，准备用最快的速度换，就在他打算脱长裤的时候，有位护士说："不用脱，直接穿在外面。"

林知逸后怕道："还好没脱，否则多丢脸啊！被别的女人看光光就亏大发了。"

我睨他一眼："其实也没什么好看的吧。"

他："……"

女儿的名字是林知逸取的，大名叫林慕宁，小名叫欣宝，来源于一首歌的歌词："我能想到最浪漫的事，就是和你一起慢慢变老，直到我们老得哪儿也去不了，你还依然，把我当成手心里的宝。"

林知逸说，他要把我当成手心里的宝，宠爱一辈子。

我对此表示欣慰，有了小宝，他还没忘了我这个大宝。

他继续说："这样，你以后每次叫女儿的名字，就能感受到我对你的爱，就不需要问我'你还爱不爱我'这样的傻问题了。"

"……"这个心机男！刚才感觉他深情款款难道是我的错觉？

第十八章

我们仨，在一起

休完三个月产假，我又开始了上班族生涯。

上班时，我的身材还没完全恢复，尤其是肚子，看上去还像孕妇。

我愁眉苦脸地对林知逸说：“要是坐公交车，人家给我让座怎么办？我到底坐还是不坐呢？”

坐的话有些愧疚，我不是老弱病残孕啊；不坐的话有失颜面，我真胖成那样了吗？

林知逸毫不犹豫地说：“坐！”

“为什么？”我一边问，一边想，我老公还是蛮疼我的嘛！

结果他说：“产妇嘛，坐着产奶！”

我：“……”

晚上，林知逸洗完澡正想上床睡觉，我却说：“现在还早，睡什么睡，去做点兼职，赚点奶粉钱。”

他不情不愿地去电脑前坐下。

我陪女儿欣宝睡了一会儿，她还不睡，我很发愁：“欣宝，你怎么还不睡啊？”

林知逸满脸得意地说：“因为她要我陪睡。”

我：“……”

恢复上班一段时间后，我的腿脚终于不肿了，有天我一边照镜子一边问林知逸：“我现在的腿不像大象腿了吧？”

他将我打量了一下，一本正经地回答：“不像大象腿。”

我心里那个得意啊！难道我这么快就恢复身材了？还没刻意减肥就看到胜利的曙光了！咱这身材就是收放自如，想胖就胖，想瘦就瘦啊！

我正得意忘形的时候，林知逸说：“像小象腿。”

“……”一句话立刻把我打回原形。

由于生娃，我像气球被吹涨一样，发福不少。

有次和欣宝一起合影，好不容易拍到一张显瘦的照片，只是背景是家里的书柜，有些乱糟糟的。

我说：“把背景虚化一下，还不错哦！”

林知逸说：“是把你给虚化掉吗？”

我：“……”

我穿上刚买不久的毛衣，外出见朋友。

可是，看着镜子里的我，发现衣服下摆已经完全没形了，被肚子上长了一圈的肉肉撑的。

我不由得感叹：“衣服都被我穿得没形了。”

林知逸看了我一眼，一本正经地说：“有形啊！”

我心想真的吗？俺老公可真会安慰人。果然是情人眼里出西施，我在你眼中是最美。

孰料他紧接着说：“圆形。”

我顿时窘了，你还能再腹黑一点吗？

林知逸想下载一些儿歌放在手机里，好随时给欣宝听。

当他看到一首名叫《我有一个好爸爸》的歌时，顿时两眼放光，赶紧打开试听：“我有一个好爸爸，爸爸爸爸，好爸爸，做起饭哪响当当……”

他边听边用十分得意的眼神看着我说：“终于有一首赞扬父亲的儿歌了。”

结果不一会儿就听到歌里唱道：“打起屁股，pia pia pia。”

他顿时窘了。

欣宝出生后，我对节假日的概念变得模糊，对我而言，节日仿佛是以孩子的生日为基础开始的，比如，孩子满月啦，孩子一百天了，孩子该去打预防针了……

因此，某个七夕我压根没意识到中国情人节的存在，直到刷微博时，看到朋友老公给她送花到公司，我连忙喊林知逸过来看：“快看看人家老公怎么表现的！今天是七夕，你怎么一点动静都没有？”

他看后恍然大悟道：“我不知道啊。”

我说：“这几天我一直说想吃蛋糕，你怎么不趁机表现呢？”

结果他说：“明天买也来得及嘛，我们不过七夕，我们过‘七八’。”

昏倒。

周五，林知逸因为加班，晚上睡得晚，我对他说：“我特许你明天早上睡懒觉。”

他说：“现在你说了不算。”

我疑惑：“为什么？”

他瞥了一眼床上正睡得香喷喷的欣宝，说：“现在她是我家的小领导，她说了算。”

我恍然大悟，可不是吗？现在她比闹钟还准时，她醒了，我们也睡不着了。

跟闹钟不同的是——我们是心甘情愿地被她叫醒的。

早上推着欣宝出去晒太阳，站累了，我就拿了张报纸垫在石凳上，打算坐下去。

孰料该报纸摊开后是一幅活色生香的男明星写真画面。

林知逸看见报纸画面后，感慨：“当妈了就是奔放啊，大庭广众之下就坐在男人身上。”

我：“……”

欣宝每天一早醒来第一件事就是上大号，非常规律。

我感叹：“这姑娘有一副强大的肠胃，消化系统很好。”

林知逸自豪地说：“随我！”

刚添加辅食时，欣宝有些拒绝，不吃鸡蛋黄。

我叹气：“唉，这孩子怎么挑食呢？”

林知逸说：“随你！”

好的都随他，差的都随我，岂有此理？

因为要做给宝宝提供营养的“奶牛”，我一个人吃两人份的饭量，变胖也在情理之中。

难以理解的是——林知逸的体重居然也有增无减。

之前我怀孕时他曾对我信誓旦旦地承诺：“你九个多月带球跑辛苦了，宝宝生下来后我一定好好帮你带，弥补你现在的辛苦。”

于是，现在每天晚上，只要欣宝一哭，他再困再累都会爬起来帮我一起带孩子。

通常是我负责吃喝（也只能我负责，他想负责也没那条件啊），而他负责拉撒。

因此，我就成了“饭桶妈”，他成了“马桶爸”。

可是，他这么“操劳”的情况下也能发福还挺不可思议的，但或许是两人每天都见面，我俩对彼此发胖都没察觉到。

某天林知逸到公交车站接我，我远远看到他，觉得他真变胖了点。

没想到他一见到我，对我说：“你好像真比以前胖了点。”

“你也胖了。”

我们在这方面倒是挺心有灵犀的嘛！

有一天，我问林知逸：“当初我生欣宝，你在产房陪我，医生说看到胎头的时候，你怎么不去看啊？”

他：“你不是让我别看的吗？说怕以后造成心理阴影。”

我：“可是，你不想赶紧看到自己的孩子吗？为什么不去看看呢？”

他：“唉，不想看到宝宝受苦啊！”

我：“哎，那时候更受苦的人是我好不好？”

欣宝出生后，林知逸常常抱着她，眼神里充满了浓浓的爱意，有时看着这幅父女相亲相爱的画面，我都忍不住羡慕欣宝。

有天，林知逸正爱不释手地抱着几个月大的欣宝，我问他：“老公，这世界你对哪个女人最好啊？”

还不待他回答，我就自问自答：“肯定是我家小宝啊！”

他的眼神胶着在女儿身上，头也不抬地说：“还有你啊！”

我看他那略敷衍的样子，说：“你回答得不够真诚啊，你对欣宝是那种任劳任怨的，没有脾气的，而且每天都抱她……”

他无比诚恳地说：“因为我抱得动她啊。”

“……”我简直欲哭无泪。不带这样打击刚生完娃的人啊！

我哄欣宝午睡，一边轻轻拍她，一边轻声唱童谣：“风不吹，树不摇，鸟儿也不叫，小宝宝要睡觉，眼睛闭闭好。”

林知逸盯着我看了半天，深感不解，“你那么急性子的一个人，怎么也有这么耐心的时候啊？”

别说他，连我都纳闷，我遗传自父亲的急脾气跑哪儿去了？以前如果林知逸半夜三更把我叫醒，我准跟他没完；但是欣宝半夜三点把我叫醒，我就很情愿地爬起来为之宽衣解带。

林知逸为此十分得意，“嘿嘿，我派一个小兵过去就把你给制服了。”

我：“……”

结婚两周年，我的世界从“1+1=2”变成了“1+1=3”。

多出来的那一个就是我和林知逸的女儿欣宝。

原本以为林知逸只记得欣宝每月去打疫苗的日子，没想到在我们结婚两周年那天，他送给我一个蛋糕，上面写着：“我们仨，在一起。”

当他把蛋糕举到我眼前的时候，不得不煽情地说，我的眼眶有些湿润，我也是再一次深切地体会到“在一起”这三个字比“我爱你”更温暖。

第十九章

我们的世界多了一个你

欣宝小时候需要经常打预防针，很小的时候她不懂事，我们直接把她抱到社区医院打针，她哭两声就完了。大一点后，她已经记得去社区医院的路线，并且在路上哼哼唧唧赖着不愿走。为了能顺利打针，我就说："如果你乖乖去打针，打针时表现得很勇敢，打完针出来，你可以坐摇摇车。"在摇摇车的诱惑下，欣宝最终还是去打针了。

那天打完针我兑现了自己的承诺，带她到室内游乐场坐摇摇车，后来出来时，她对我说："还要打针，还要坐喜羊羊。"

"宝贝，妈妈要去上班了，下次再带你坐喜羊羊。"

"还要打针，还要坐喜羊羊。"她不依不饶。

这次我听清楚了，原来她已经深刻明白先苦后甜的道理，觉得打针福利多多。

欣宝一岁零五个月时，我教她读《三字经》："人之初，性本善。性相近，习相远。苟不教，性乃迁……"

读到"苟不教"的时候，她突然"汪汪汪"地叫开了。

莫不是把“苟不教”听成“狗不叫”了，意思是“狗不叫，我叫”？

某天我带欣宝去超市，看到榴梿时，她大声说：“刺猬！”

哈，其实还真蛮像书上画的刺猬的，都是棕色的带刺的东西。

后来林知逸带她去捡松果，她是第一次见到松果，居然也说“刺猬”。敢情在她看来，凡是棕色带刺的都是刺猬啊……

欣宝这阵子喜欢拿着我的手机听《可爱的宝贝》那首歌。

她循环往复听到手机没电拿去充电，我继续唱那首歌。

唱完我问她：“安妮阿姨唱歌好听还是妈妈唱歌好听？”虽然我深知我的歌喉肯定不如明星，但我女儿总得给我面子说我唱得好听吧，我满怀期待地等待答案。

结果欣宝说：“爸爸唱歌好听。”

我心想，刚才你是听伊能静和我唱歌，关爸爸什么事情？

林知逸一听乐坏了，眉开眼笑地说：“欣宝真棒！”

谁知她说：“爸爸手机玩一下。”

我和林知逸瞬间汗了，原来这是个小小马屁精。

每次坐旋转木马，欣宝只坐中间的小白马，那匹白马有着橙色的鬃毛，样子确实比别的马都要英俊。

虽然这说明她很有审美眼光，但是每次都坐同一匹马，也太执着了点吧。

有一天，林知逸指着那匹白马前面的鸵鸟说：“我们下次换前面这个鸵鸟坐吧。”

结果她很不屑地说：“鸵鸟光屁股没尾巴，跑不快。”

那只蓝色的鸵鸟确实没尾巴……不过现实中的鸵鸟跑得很快的。

而且，明明是同一个旋转木马，每个动物的旋转速度不是一样的吗？她非说她的马跑得快。我慨叹：“真是小孩子的思维，小孩子的世界我不懂。”

林知逸却说：“你应该懂啊，你不是执着的天蝎座吗？盯着某件事某样东西总会坚持到底。”

你到底是夸我还是贬我？

有一天我因为加班，回来得很晚，回来的时候欣宝已经睡着了。

到了第二天早上，我起床的时候欣宝醒了，她听到我的声音，非常惊喜地说：“妈妈回来了！”

我走到她的卧室看她，她马上就从床上爬起来，扑向我的怀里，说：“妈妈抱一下。”

于是我把她抱起来，她说：“去妈妈房间。”

然后我抱着她往我的卧室走，走到走廊上的时候，遇到林知逸。

他一脸微笑地看了我们两秒钟，然后张开手臂，一下子把我和欣宝都抱住了，说：“让我抱一下。”

结果欣宝一脸厌嫌地把林知逸推向一边，说：“爸爸走开！”

我狂笑。本来平时我在欣宝那里的待遇是不如林知逸的，结果这一次我的待遇终于提高了。原来还真是“小别胜新婚”哪！

自从欣宝小朋友来到我身边，“周末宅在家”模式就变成了“周末出去玩”模式，只要不下雨，没雾霾，我们每个周末都要想方设法找个地方玩。

周五我问欣宝：“明天去哪儿玩？”

我以为答案又会像从前一样没新意，不是公园就是动物园，孰料她说：“小福去哪儿，我就去哪儿。”小福是她的竹马。

“……”我怎么觉得这妞未来是个痴情种？

周末，我像往常一样打算和林知逸带着欣宝出去玩。看到外面阳光强烈，我才想起还没买宝宝防晒霜，于是对欣宝说：“欣宝，妈妈忙得都忘记给你买防晒霜了。”

“不买也没关系。”欣宝小朋友倒很大度。

我说：“不涂防晒霜晒黑了怎么办？”

欣宝说：“晒黑了就变成外国人，讲话都用英语。”

欣宝有次拿画纸画了几幅画，自我欣赏时发现都没有达到自己满意的水准，于是有些嫌弃地说：“我怎么没有别人画得好啊？”

我对她说：“宝宝，我们不要跟别人比，跟自己比就好了。”

她疑惑地说：“可是，为什么我的胳膊还没有腿粗？”

这……跟自己，不是这么比的……

欣宝偶尔会编故事给我听，有时候是 A 绘本里的配角到 B 绘本里当了主角，有时候会杜撰一些从来没听过的名字。有一次，她对我讲故事的过程中，突然冒出这么一句：“美丽的妈妈。”

这是编故事也不忘夸奖妈妈吗？我窃喜了半天，待她讲完故事，我给她竖大拇指，“欣宝讲得真棒！你刚才讲到‘美丽的妈妈’，是你觉得妈妈长得很美丽吗？”

欣宝说：“不是，我故事里有个小女孩叫美妮，我说的是美妮的妈妈。”

我：“……”n、l 不分的人伤不起啊！

有次林知逸在客厅打了个喷嚏：“阿嚏——妈妈呀！”

欣宝指指奶奶的卧室：“你妈妈在奶奶房间呢，还叫什么妈妈呀！”

下班后，我陪欣宝去上创意美术课。小朋友们围着一张长桌子坐，家长们统一坐在小朋友们后面。

老师在上面讲课，欣宝“呵呵呵呵”地笑了半天。

老师起初说：“欣宝，你笑起来真好看。”

结果她一直笑。后来老师问她：“你笑什么啊？”

她回答：“假笑。”

结果，在场的家长们都笑趴了。

我身份证到期去派出所补办身份证时，顺便给满四周岁的欣宝办身份证。办身份证时需要采集指纹，欣宝手指比较细，采集指纹很不容易，需要她非常耐心地配合。被工作人员摁住她的手指放在指纹采集器上半天，她有些不耐烦了：“好累啊！”

我鼓励她：“再坚持一下，办了身份证你就可以做很多事情了。”

她两眼放光地问：“可以吃冰激凌吗？”

我汗了下，说：“不可以。”

她又问：“可以吃糖果吗？”

我说：“不可以。”

她的眼神暗淡下去，“那办身份证有什么用啊？！”

对一枚小吃货而言，身份证确实没什么实用价值。

第二十章

对待恋人的态度值得检讨

现代女人的毕生追求除了瘦身，就是瘦脸。

看了某本美容书后，我毅然决然地买了瘦脸霜。然后，我严格按照说明书的流程，把瘦脸霜涂在掌心，对脸部做了一次按摩。

按摩完之后，我把脸凑到林知逸跟前，对他说："我从今天开始抹瘦脸霜，为了检验它有没有效果，你可以记住我现在的样子，过几天你再看看比较一下。"

他说："其实想检验效果没那么复杂，你只需要一边脸抹，另一边脸不抹，就能看出来了。"

我："……"

女人爱美是天性，为了能瘦成 V 字脸，我真是拼了，每天早晚坚持涂抹瘦脸霜。

某天晚上，我正坐在凳子上进行按摩瘦脸的动作，林知逸优哉游哉地躺在床上说："当你在低头沉思的时候，我已经躺在床上睡大觉了，这才是最好的美容养颜。"

我一个没憋住，笑了，刚才抹的瘦脸霜都差点掉下来。

某天晚上，林知逸叮嘱我道：“你晚上睡之前不要涂瘦脸霜啊。”

我心想：莫非是他希望吻我的时候，不要吸取太多化学物质？哎呀，虽然都已经老夫老妻了，想想还是怪害羞的。

我还在浮想联翩，结果他继续说：“省得第二天一早醒来，从李湘变成李冰冰了，受不了啊！幸福来得太突然了！”

我：“……”

和余乔一起聚餐时，我把上述有关瘦脸霜的事情对她复述了一通，她哈哈大笑。

我问她：“你觉得很好玩吗？”

她停止笑声，一本正经地问我：“其实，我最关心的是瘦脸霜有用吗。”

我：“……”姐姐，你的关注点偏了好不好。

由于那本美容书的作者是个保养得特别好的女明星，我觉得很有说服力，于是我根据书上的介绍，买了一堆保健品：胶原蛋白、钙片、Q10、维生素B族、维生素C……共计一千多元。

我指天誓日：“我要向岁月挑战，争取让人看不出实际年龄。”

林知逸则不以为然地说：“看你这次能坚持多久！”

我反驳道：“怎么，怀疑我的耐力和毅力吗？我可是以执着著称的！”

他撇撇嘴：“没看出来，上次你不是嚷着减肥，要跳郑多燕的操吗？买了哑铃、瑜伽球什么的，但哑铃放在阳台上的时间比放在屋子里的时间长，瑜伽球放在柜子顶上的时间也比较长。”

我竟无语凝噎了。因为我的懒惰，哑铃、瑜伽球确实从运动器材变成了摆设。

但是这一次，我是不会轻易放弃的。我坚持吃保健品……直到有一天发现它们过期了，而我大概吃了不到两百元……

为了保护视力，我买了蓝莓胶囊，对林知逸说：“我坚持吃，说不定能成为代言人呢！”

他嗤之以鼻：“代言人？代言兔子吧！每天熬夜，眼睛这么红，也只能代言兔子。”

我：“……”

有一天我看着镜子，发现自己颈纹深了，就想要买颈霜。

林知逸说：“颈纹有什么不好，还给你省了买项链的钱呢！”

我：“……”

我担心生娃后身材走样，于是问林知逸：“我要是以后胸下垂了怎么办啊？”

其实我要的答案无非是“不管你变成什么模样，我都爱你”之类的深情告白。

结果——

林知逸瞥了我一眼，说：“你有的垂吗？杞人忧天。”

后来某一天，我问他：“我需要减肥吗？”

他说：“品种问题，就那样了，别减了。”

……好吧，晚上我放心大胆吃火锅去。

看了一本“教你和身体谈恋爱”的书，于是我买了很多护肤品：护手霜、润唇膏、身体乳……

我信誓旦旦地说：“我要像对待恋人一样对待我的身体。”

“那可不行。”林知逸在一旁说道。

“为什么？”我疑惑不解。

“因为你对待恋人的态度值得检讨。”

我：“……”

有次我出差，给林知逸打电话：“你在干吗呢？”

他煞有介事地说：“我在跟身体谈恋爱呢！”

“嗯？说人话！”我没听懂。

“我在剪脚指甲。”

我：“……”

林知逸常常自诩天生丽质难自弃，从来不用保养品，但我看着现在很多男士都用保养品，皮肤保养得比女人还好，也打算表示下自己的人道主义关怀。

于是，在我某天又开始在某宝购买保养品的时候，问林知逸：“大林，我给你买男士护肤品，要不要？”

他毫不犹豫地说：“不要。”

我再次和他确认：“你确定你不保养吗？”

他意志坚定地说：“确定。”

我说：“那以后我就要比你水嫩了。你一张娃娃脸，以前害得人家都说我老牛吃嫩草，以后老牛就变成你了。你是金牛座，实至名归了。”

他："……"

或许是年纪渐长的缘故，我总是担心自己会变老，所以最近研究美容和保养比较多。

有一天，我问林知逸："我要是到五十岁还是现在的样子，甚至比现在还要年轻，你开心吗？"

他说："不开心。"

我不解："你为什么不开心？"

"我又没保养，看起来我就会显老，不知道的人还以为中年大叔找的小妹妹谈恋爱呢。"

"……"

有天晚上，我居然用洗面奶洗脸洗了三次！

原因如下：

第一次是和平日一样，正常用洗面奶洗脸。

第二次是用撕拉面膜，结果抹完等干了以后，撕的时候并不是一整片撕下来，只能一边在脸上搓泥一边一点一点撕，撕拉面膜被我用成了去角质产品，也是没谁了！最后嫌搓泥太慢不如洗面奶来得快，于是重新用洗面奶洗了一遍。

第三次是用刚从韩国买回来的新护肤品，因为不认识韩语，于是盲人摸象一样一个个试，抹完爽肤水抹精华，抹完精华抹眼霜，抹完眼霜抹乳液……

咦，不对，这个乳液抹上去怎么黏糊糊的？而且还有些疼。

我越想越不对劲，打开手机从某宝搜索该护肤品品牌，这才发现，刚才我居然误把洗面奶当乳液用了！

我好不容易改过自新，决定对我这张脸好一点，才开始做这么多护肤步骤，可是为什么偏偏不尽如人意呢？我犹豫着就这样放任洗面奶当乳液使用，还是重新洗一遍脸重新再走一遍护肤之旅。

最终还是强大的心理作用战胜了一切，因为担心洗面奶不洗干净对皮肤不利，我再次跑到卫生间用洗面奶洗脸。

林知逸见我来来回回进出卫生间三次，问我："你今天吃坏肚子了吗？"

我一边在梳妆台前捯饬，一边回答："是用洗面奶洗了三次脸。"

对于林知逸这种三天才用一次洗面奶的人而言，难以理解我的脸究竟怎么了，才对它下三次毒手。

我把来龙去脉跟他讲述了一番，他说："你的脸是试验田吗？种这么多化学物品能有收获吗？"

我白他一眼："我那是有钻研精神好吗？"

"你要是对我也有那钻研精神就好了。"

我："……"

由于即将去某高校做演讲，于是我开始学习化妆。

周六一早我在家练习化妆，化完后不太自信，于是问林知逸："感觉怎么样？"

他从睡梦中睁开眼，第一句就是："不忍直视啊！"

我心下一惊，化妆菜鸟很失败吗？

结果他说："你刚开灯光线太强，不忍直视。"

害我虚惊一场。

有天晚上临睡前，林知逸对我说："我想检验你的瘦小腹霜有没有用，给我涂涂。”

我瞥了眼他的肚子，肚子不算大啊，干吗要浪费我的瘦小腹霜。但我还是将信将疑地递给他了。

他刚涂上一层，然后猛吸一口气，肚子一扁，说：“哇！瘦了！”

“……”我无语了，做爸爸的人了，有时候真是幼稚得可以。

有天我看到书上说：“尽量不要笑，笑了容易产生皱纹。”

于是，我就想起了每天都笑意盎然的林知逸，担心他老得快，友情提醒他：“你以后笑的时候，最好睁大眼睛，这样能够延缓眼周皱纹的产生。”

他一副恍然大悟状：“那我知道为什么癞蛤蟆长那样了，应该是担心变老，于是拼命睁大眼睛，结果眼睛凸出来了，还憋出一身疙瘩。”

我：“……”

跟林知逸谈美容简直是对牛弹琴，以后坚决不和他谈这个话题了！

第二十一章

爱情不是做企业，不需要强强联合

看了电影《致我们终将逝去的青春》后，我不由得想起了自己的青春，想起了年少时曾经暗恋的那个青梅竹马，我的“林静哥哥”——程宇。

碰巧，程宇在QQ上敲我，两人聊着聊着不知怎么就聊起了一些暧昧的小过往，然后程宇突然话锋一转，略有些遗憾地说：“我们现在事业都很好，如果我们在一起，就是强强联合了。”

我省略了若干细节，回去对林知逸说：“你可知道你老婆是很抢手的？我以前的一个暗恋对象都说后悔没跟我在一起，还说如果我跟他在一起就是强强联合，是不是说明我不仅有貌还有才？”

林知逸“嘁”了一声：“爱情又不是做企业，不需要强强联合。”

他轻描淡写一句话，好像瞬间就把我秒成了渣渣。

换了工作后，我就从弹性工作制一族转为朝九晚五坐班一族。

刚开始确实不适应，每天去挤公交车太累了，我忍不住向林知逸抱怨。

他平心静气地给我讲了个故事——“有一个一百八十斤的快递员，每天送快递，结果三个月下来，瘦了四十斤。”

“你想说明什么？”我是来寻求安慰的，不是来听故事的好吗？

“你不是整天吵着减肥吗？你就当减肥吧。”

“……”

我换工作后，也升职了，从原来的编辑部主任变成了内容总监，从所谓的公司中层变成了公司高层，也就是老板口中的管理层。

每周一开会，我们老板都会大手一挥：“管理层到我办公室开会。”

可能是因为在单位听到“管理层”这个词语的时间多了，有时候也难免会延续到家里。

某天，我和林知逸一起起床，因为只有一个卫生间，他问我：“谁先刷牙？”

我大方地说：“你先。我是管理层，我迟到一点没关系，不扣钱。”

他：“……”

过了几天，我依旧和他一起起床，婆婆盛好温度刚好的粥，只有一碗，他问：“谁先吃早饭？”

我依旧很大度：“你先吃。我是管理层……”

我还没说完，他就补充：“你迟到没关系。”

真棒，都会抢答了。

再后来的某天，我和林知逸依旧一起起床，然后都奔到卫生间门口，都要上厕所。这次他不问了，直接说：“我先上厕所，你是管理层。”

"……"

由于连续三个周末加班，于是我请假一天让自己放松一下，上午去医院开了中药调理身体。下午我拿着余乔送我的按摩券去做按摩，打算好好疼爱自己。

结果按摩只感觉到了"疼"，爱倒是没体会到。

另外，由于按摩时着凉还被感冒君偷袭了，然后脸还肿了。

晚上，林知逸下班回来，我跟他复述了下，以博取同情。

孰料，他说："你上次用朋友从巴厘岛带给你的精油洗脸，结果你脸红肿得跟小龙虾似的进了医院急诊。这次你去按摩，结果感冒了，脸肿了。这就是典型的自作自受啊！"

根据言情剧的发展，男主角不应该是来呵护备至吗？不带这样冷嘲热讽的啊！

女人最关注自己的体重，我光荣完成自己的"奶牛"任务后，就开始了减肥计划，经常称体重、做运动。

有阵子工作忙，大概有一个月没称体重，后来一称："呀，居然瘦了四斤呢！"

林知逸撇撇嘴："其实是从冬天到春天，穿的衣服变少了。"

"……"我好不容易建立起来的信心啊！

作为一名鸡血满满的天蝎座女子，我有时候会自言自语一些正能量的给自己打气的话。

某天吃饭前，我握拳立誓："我要做一个发光的人！"

林知逸在对面幽幽地说了一句："红绿灯会发光。"

“……”刚才鼓足的那阵士气全被我笑瘪了。

都说“常在河边走，哪能不湿鞋”，号称“鱼王”的我有次吃鱼被鱼刺卡住了！

林知逸咨询了一下度娘，说含服维生素C有效，忙从药箱里拿了一盒递给我。

吃完维生素C，仍有异物感。

林知逸拿来香蕉，给我示范大口吞咽。在示范的过程中，两根香蕉进了他的肚子。

然后，他又去翻箱倒柜找可以给我吃的东西，结果找到一包薯片，自个儿拆开吃了，还说：“既然开封了，都要吃光，压力好大……”

到底是谁被鱼刺卡了啊？

我刷微博刷到一条信息，说是肥胖有很大程度是因为遗传基因，回家后我看看我婆婆圆润的身材和硕大的脚，再看看林知逸匀称的身材，内心慨叹林知逸老爸的基因实在太强大。

那天临睡前，我对林知逸说起关于肥胖和遗传基因的关系，最后总结：“还好你没有遗传你妈的身材。”说完这句我略停顿下，继续说，“否则你都买不到合脚的鞋子。”

林知逸松了口气：“我还以为你会跟我说，否则你都找不到媳妇了。买不到鞋子算什么？”

我觉得他的逻辑才很奇怪吧，他知道我每次陪婆婆逛街买鞋子有多么艰难吗？最终都只能在男鞋专柜那儿找适合婆婆穿的尺码。

林知逸给我讲了个故事，我瞬间明白了他的逻辑。

他说，有个长得很丑的女人有天提着一篮子鸡蛋外出，结果经过一条小巷子时被一个满脸横肉的男人拦住了，那男人把她逼到墙角，说：“不许动！”女人乖乖就范，然后听到男人说：“把鸡蛋拿出来。”女人松了一口气：“吓死我了，我还以为要劫色呢！原来只是要鸡蛋啊！”

林知逸说，他当时的心理就跟这个女人一样，以为我会说他会因为肥胖找不到媳妇，谁知道只是买不到鞋而已。

你的想象力真丰富。

自从有了欣宝，为了记录她的成长，我们为她拍了很多照片。

她成了家里最知名的模特，推翻了我原来的一姐地位。从此，照片上几乎没有我的身影，即便有也是和欣宝的合照。

有一回，我和林知逸用儿童手推车推着欣宝出去散步，难得林知逸主动说：“你站在亭子里，我给你拍一张。”

我受宠若惊地站过去，摆好姿势。

后来，一看相机画面，我说：“拍得还不错嘛！”

林知逸说：“那是不是说明我很爱你？”

“这是什么逻辑？”我疑惑了。

他说：“以前我给你拍照，只要拍得不合你意，你不是说我不够爱你吗？”

我窘，好像是有这么一回事。

那时候，我在江苏读大四，林知逸在北京工作，我俩分居两地。

有次我到北京看他，他带我去香山玩。

他给我拍了一些照片，我看着相机里的画面皱眉，觉得怎么都不太好看。

都说情人眼里出西施，他怎么能把我拍得这么丑？于是我顺口说：

“你是不是不爱我了？怎么拍出来的照片这么丑？”

依稀记得，林知逸当时的表情很无辜，但是一言不发，八成心里在想：你就长这样，怪我咯？

只是，真的没想到，我说的那句话他居然铭记在心这么久，我是该感动呢还是感动呢？

后来某一天我问他：“你爱我吗？”

这是个特别老掉牙的问题，但喜欢问这个问题似乎是女人的通病。

林知逸说：“看照片就知道了。”

第二十二章

相煎何太急

有了欣宝后，我发现和林知逸两个人独处的时间越来越少了，于是对他说："我们不能在有了孩子之后，只围绕孩子转，完全忘记了彼此的存在啊。"

他说："那是你自己的想法吧，我可一直没忘记你的存在。怎么，难道你忘记我了？"

我哭笑不得。

见我沉默，他补刀："看，终于说出自己的心里话了吧？"

"……"我更无语了。

有天我对林知逸说："我觉得你都不爱我了，不在乎我了，每次下班回到家，看都不看我一眼。"

他辩解："我不是直接奔向欣宝了？她也是你生的孩子啊。"

我说："这不一样，我和欣宝是独立的个体啊。你不能有了她就完全忽略我吧。"

他说："你不也是一样，我下班回到家，你也没出来欢迎我啊，还是对着电脑。你对电脑都比对我热情呢！”

我说：“我还不是对着电脑给欣宝买玩具、买书、买衣服？”

他说：“这不一样，我和欣宝是独立的个体啊。你给她买东西，又没给我买东西。”

我忍不住笑了，他这完全是拿我的理由来反驳我，反驳得我无力反驳了。

某天临睡前，林知逸躺在床上刷微博，说：“谁都愿意做自己喜欢的事情，可是，做你该做的事情，才叫成长。”

我说：“是不是你终于醒悟，决定开始成长了？”

“我现在去做自己该做的事了。”说完，他就爬下床。

我颇感疑惑：“怎么？现在就去奋发图强吗？”

我以为他会去看书或者用电脑工作，结果他说：“是去卫生间上厕所。”

“……”害我白激动一场。

有天我像发现了新大陆一样对林知逸说：“我以前没觉得自己多好看啊，后来进入社会发现我好像还不赖。”

林知逸大言不惭地说：“那是因为你被我中和了，这就是在一起久了所谓的‘夫妻相’吧。”

好吧，我越来越好看全是你的功劳，不过，照此反推——你越长越不好看难道是我的罪过了？

有次和单位同事一起去看近期热映的某部票房很高的电影，电影里的小鲜肉晃花了女同事们的眼，一个个看电影的时候不由得感慨：

“好帅啊！”边说边拿手机对着电影屏幕一阵猛拍。

回家后我对林知逸说：“我发现那种只是皮相好看、没什么内涵的小鲜肉，不是我的菜，是不是因为我老了？”

他安慰我：“哪里老，我认识你的时候，你就长这样。”

“不过，就算我年轻十岁，在帅的和有才的男人之间让我选择，我还是会选择有才的。”

林知逸听完认真地问我一句：“那说明我不帅了？”

“……”

我错了，事实上我喜欢才貌双全的男生。

我最近工作繁忙，回家又要陪欣宝，时间本就少得可怜，偏偏这个时候，一个好久没联系的同学来找我，让我帮他改下演讲稿，我心里莫名烦躁，想直接回复“没时间”。

然后，我发现，每次林知逸找我做事，我从来都没有觉得麻烦过。

于是，我把这个发现告诉他：“老公，我发现我还是最爱你的，因为别人让我帮他做事情，我会嫌烦，而你让我帮你做事情，我反而觉得我对你是有价值的。”

“那以后我换洗的衣服你就承包了吧。”

“……”

林知逸有次逛书展回来，对我说：“这次有出版社展台前的大屏幕在播放‘维多利亚的秘密’走秀，结果一群女生围绕着看。我们男人都是悄悄地看，你们女人居然敢光明正大地看啊！”

我说：“你什么时候悄悄看的？”

“要罚就罚吧，我保证，以后只看你穿维多利亚的秘密。”他大义凛然地说。

“我想说的是，你看的时候怎么不叫上我一起看？”

他：“……”

林知逸陪我逛街买衣服，到某品牌专卖店，我换上一件连衣裙后，自我感觉良好。

走出试衣间，站到镜子前，我得意地对林知逸说：“你有没有发现白色裙子显得人很有女神范儿啊？”

他将我打量一番，一本正经地说：“也显得人很胖。”

我：“……”

要不要这么打击人啊？

北京向来干燥，夏天时老天爷却爱流眼泪。有天下班时窗外下起了瓢泼大雨，好多同事都在办公室待着没走。

反正在公司待着也无聊，我就给林知逸发微信：“也不知道这雨什么时候才停，你说我是现在就走还是等一会儿再走？”

“你带伞了吧？不过这雨太大，最好等等再走。”

“雨大不怕，我的伞够结实，都陪我度过两个夏天了。”

“不是伞结实，是你结实。”

“……”

我穿上新买的靓衣，问林知逸：“你看看我穿这样像多大的啊？”

我问这句话的用意，你懂的。

无非是想得到“看起来像二十几的人，不像三十岁的人”之类的话语。

林知逸抬头将我打量两下。

我暗暗地等待评价，结果他一本正经地回答："十八。"

哎呀，他的情商终于回来了吗？

第二十三章

不一样的情人节

欣宝发烧了，林知逸一下班，没顾上吃饭就去医院排队挂号。

晚饭时收到他的短信，说排队应该能挂上。

我由衷地感慨了一句：“林知逸真是个好男人！”

欣宝这时候说：“我会哭（指着自己），妈妈会哭（指着我），奶奶也会哭（指着奶奶），只有爸爸从来不哭。所以爸爸是好人。”

敢情在她的概念里，好人跟不哭画等号了。

某天晚上，林知逸给欣宝讲绘本《穿靴子的猫》，讲到猫威胁别人时说“我要把你剁成香肠肉馅”时，欣宝哈哈大笑：“好搞笑啊！”

林知逸问她：“哪里搞笑？”

她说：“不知道。”

我们的大林同学默默看着女儿：你本身是越来越搞笑了啊。

有天下班回家路过家乐福，我进去买了点日用品，看到有商家在做甜筒冰激凌的活动。我想起上大学时的某个夏天，林知逸在宿舍楼下等我，我到楼下的时候，看到他手里举着两个甜筒冰激凌，香草味的给我，巧克力味的给自己。然后，我们一人举着一个冰激凌，在林荫道上散步。

既然勾起了回忆，我自然会埋单。本来是送给林知逸吃的冰激凌，结果欣宝很感兴趣，拿去看了看，然后打开尝了一小口。

林知逸担心她尝到甜头会一发不可收拾，会对冰激凌着迷，就跟我说："别告诉她这是什么。"

结果过一会儿，欣宝自己说："这是冰激凌。"说完还回味无穷地补充道，"真好吃！"

林知逸满头黑线。

结婚后，每逢情人节林知逸就不再送我礼物，理由是情人节是给情人过的，已经是名正言顺的老婆了应该过"老婆节"。尽管老婆节根本不存在。今年情人节，林某人照样当这天不存在。

我对欣宝说："今天是情人节，情人节就是王子给公主过的节日。塔塔爸提前送给塔塔妈的风信子要开花了；栋栋爸送给栋栋妈一瓶香水；棒棒爸送给棒棒妈一枚戒指。可是，欣宝爸什么礼物都没有送给我，他眼里只有电脑。"

欣宝听完，立即说："妈妈，我送给你礼物吧。"

我的心一下子就融化了。

"你送给我什么呢？"我问她。

她回答："我给你画一幅画，上面有我、爸爸和妈妈。我给你从外面摘一朵花，我给你用积木搭一块蛋糕，我假装成王子送你一个王冠。"

听她眨巴着大眼睛，格外认真地对我说这些，我瞬间热泪盈眶。

没想到情人节的感动不是来自爱人林知逸，居然来自“小情敌”欣宝。

2月15日早上，我刚起床，还处于睡眼惺忪状时，林知逸对我说：“我昨天帮你洗了杯子。”

我：“嗯。”

林知逸：“我还给你洗了眼镜。”

我：“嗯。”

林知逸：“我还给你擦了鞋子。”

我：“嗯。”

林知逸：“这不比送一朵玫瑰花来得实在多了吗？”

瞌睡虫瞬间退散一半，原来重点在后面啊！

下班刚回到家，欣宝就迎上来：“妈妈，你给我带礼物了吗？”

我边换鞋边说：“明天是母亲节，你应该送我礼物。”

欣宝略愣了下，说：“爸爸每次都不送你礼物。”

我晕，这不是顾左右而言他吗？

某天晚上。

我：“林知逸，快关电脑睡觉！快去洗澡！上床上床！快来履行老公的义务！”

林知逸略带娇羞地说：“小声点，妈还没睡呢！”

我：“想啥呢？北京停暖气了不知道啊，快点洗完澡躺被窝里！暖床！”

自从北京停暖气后，我发现老公的作用主要是用来当暖炉的。

有暖气时，我和林知逸为了肩膀不着凉，一人一床被子。停了暖气，我的被窝冰冷，我就会邀请他来暖床。

他慨叹：“暖床也是个技术活儿啊！”

我问：“为什么？”

他说：“要用身体在两分钟之内把 3.6 平方米的地方温暖好，可不是个技术活儿？”

有一天我邀请他帮我暖床，后果就是……阵地失守，被吃了！

要想有收获必须有付出，真是万年不变的真理。

第二十四章

制造浪漫氛围

我要去上海举办读者见面会，打算在服装设计师朋友那边定制一件旗袍。

朋友在外地，需要我提供颈围、肩宽、胸围、腰围、臀围等尺寸。

我请林知逸帮我量这些尺寸，他欣然应允。

量肩宽和颈围时还好，用软尺量胸围时，他的手不经意间从我的胸前滑过，我感觉这个氛围貌似有些暧昧。

量完臀围，他感慨："我终于找到我最喜欢的事情了。"

"什么事情？"

"量尺寸。做裁缝简直太幸福了！"

"想改行？来不及！"

"没关系，有办法弥补。你以后少逛商场，多定制一些衣服，我就可以多给你量尺寸了。"

"……"我看，你不是喜欢量尺寸，而是喜欢趁机揩油吧！

出差前夕，我在房间收拾行李，忽然想起还有个重要东西要带，于是走到客厅找林知逸帮忙。

“亲爱的，老公。”我轻声叫他。

他从电脑面前抬头，像看外星人一样看着我：“干吗叫得这么亲热？”

大概他已经习惯了我平时对他直呼其名，我表现稍好一些，他反而不习惯了。

“我钱包里现金不多了，记得把钱放我钱包里。”我说重点。

他一副恍然大悟状：“怪不得刚才叫得那么亲热。”

“……”我能说我在叫他那么肉麻的称呼时完全是下意识的吗？难道是离别在即，才会对他反常的温柔？

周六，我和林知逸去公园玩，逛完出来时走到门口，看到一个男生缩着一只脚，一脸痛苦的表情，而旁边的女伴搂着他胳膊，一脸抱歉地问“要不要紧”。

原来是女伴不小心踩到他的脚了，而女伴脚上的高跟鞋后跟足足有六厘米高！

见此情此景，林知逸感叹道：“原来高跟鞋也能成为凶器，大柠，你不爱穿高跟鞋还挺好的，感谢不杀之恩哪！”

上次他陪我逛鞋店，看我直奔平底鞋时，他还感慨：“穿高跟鞋的女人才有女人味。”

原来男人变脸的速度堪比六月天气啊。

有天晚上，我和林知逸一起看完《少年派的奇幻漂流》后回家。

林知逸洗完澡出来时只穿一条睡裤，裸着上身，一本正经地问我：“我现在这样像少年派吗？”

我将他上上下下打量一番，回答："像青年派或者面包派。"

他顿时窘了。

都说"家和万事兴"，此话不假，婚姻围城稳定团结，就相当于后方有保证，我工作起来自然无后顾之忧。

我拿到年终奖后，回家对林知逸说："我取得的所有成绩都离不开你啊，老公。以后如果我取得什么重大成绩，我一定好好感谢你。"

他却说："口头感谢有什么用？我要实际行动。"

我说："好啊！我今天晚上就实际行动。"

他两眼冒红心："好啊。别骗人哦，我在床上等你。"

我瞥他一眼："你想什么呢？我是说晚上帮你洗袜子来感谢你！"

他："……"

节假日，我被手机上收到的某服装专卖店两百元代金券短信吸引去了商场。

出门前林知逸提醒说："现在是秋装尾货，冬装新款还没大批量上市，建议你别去了。"

"不行！不用这两百元代金券，我不就亏了吗？"

他"嘁"了声："谁占便宜还说不定呢！"

我信誓旦旦地跟他保证："我只买一件衣服，用了这代金券就回来。"

三小时后，我拎着六个袋子站到了某人面前。

不等他开口，我立刻检讨："哎，不是我定力不够啊，实在是商家太狡猾了……"

"抬头，看着我的眼睛。"他打断了我的话。

我以为他会用“你们女人总是以为有便宜不占就是吃亏，其实吃亏的永远是你自己”这句老生常谈来数落我，孰料，他盯着我的眼睛，看了一会儿，说：“你的眼镜脏了，我帮你洗一下。”

林知逸从健身房回来后跟我说：“我今天成为健身房的焦点了，好多美女经过我的时候都回头看我。”

我问：“你做什么惊天地泣鬼神的事情了？”

他说：“为了合理利用时间，我在跑步机上跑步的时候捧了一本书看。”

我说：“哦——我知道了，人家都说‘体胖还需勤跑步，人丑就该多读书’。你两样都占了，别人当然对你另眼相看。”

他：“……”

一句话解释什么叫“老夫老妻”——热恋时见面会梳妆打扮一番，以最好的形象见对方；婚后或许“坦诚相待”的时间多了，在家里常穿着睡衣示人。

有一次，我下班回家的路上恰好碰到了同样下班回家的林知逸，我见他一身正装向我走来，还挺风度翩翩的，看起来颇有诱惑力。

于是，我对他说：“能不能拜托你晚上也穿衬衣？”

他倒是瞬间就懂了：“哦，你喜欢制服诱惑啊。”

为了公平起见，我羞涩地说：“你也可以对我提要求。”

他咳了一下，故作若无其事地说：“蕾丝内衣。”

当天晚上，我煞有介事地穿上蕾丝内衣，套上黑丝袜，外面再穿职业套裙。

结果林知逸洗完澡从卫生间走出来的样子让我瞬间了无“性

趣”——他是穿了衬衣没错，可是下面还是穿着睡裤啊！

我叹口气，对他说：“我是让你制造浪漫氛围，没让你制造喜剧氛围啊。”

第二十五章

花光所有运气，
只为遇见你

晚上临睡前，欣宝爬到床上坐进我怀里，我问她："你说照片上的欣宝可爱，还是妈妈怀里的欣宝可爱？"

她说："妈妈怀里的可爱。"

听着她的回答，抱着软乎乎的她，我的心都融化了。

林知逸正在客厅吃晚饭，欣宝跑过去，一本正经地对他说："爸爸，我有个事情想和你说。"

林知逸放下筷子，问："什么事啊？"

在卧室看书的我也准备洗耳恭听。

孰料欣宝说："不知道。这是我的秘密。"

我和林知逸都无语了，林慕宁，不带这么逗我们玩的啊！

晚上我给欣宝讲《灰姑娘》的故事，上面提到灰姑娘的梦想，于是我问欣宝："你的梦想是什么？"

她说："做公主，一个美丽的公主。"

我说：“你现在就是公主，梦想是你想做什么方面的工作呢？比如唱歌、跳舞、画画、写作、做书或者……养猪啊。”

她说：“嗯，我想做的工作是养猪……”

啊？养猪专业户和公主梦相去甚远吧。

她继续说：“不好。”

原来这小妞还懂得欲扬先抑啊！

新年第一天，欣宝拿了一个红包给林知逸，说：“爸爸，你给我塞钱。”

然后林知逸就往红包里塞了十块钱。

孰料欣宝给退回来，“不要。”然后指着她爸爸钱包里的百元大钞，“我要红的。”

小样，还挺识货的嘛！

每到工作日，我就会自动开启“工作狂”模式。

周一早晨，我一起床就在心里念叨着：辛大的《我们》什么时候交稿呢？

眼看快到八点了，欣宝还不紧不慢地在桌前玩积木，我催促她：“辛大，别玩了，我们要赶紧去幼儿园。”

说完才发现刚刚脱口而出的“辛大”是心中默念要交稿的那位辛大，再想想，貌似欣宝也是“欣大”啊！

某个周末早晨，欣宝起床后跑到我的卧室，看到我和林知逸还躺在床上，她先是过来叫醒我们，然后问：“爸爸、妈妈，你们为什么挨在一起睡啊？”

我和林知逸面面相觑。

我本来想说“正因为爸爸妈妈挨在一起睡，才有了你啊”，但一想，这个答案不太纯洁，于是说：“因为爸爸是妈妈的王子啊！”

欣宝看过几本童话故事，瞬间懂了，还念念有词：“那妈妈是爸爸的公主，王子和公主永远幸福地生活在一起。”

我在青春叛逆期也曾觉得所有童话故事都是骗人的，都是虚假的。可是，现在一想，虽然童话故事多是编的，可童话表达的寓意和愿景很美好，能够在小朋友的心里种下美好的种子。

林知逸这阵子下班回家还对着电脑，对我视而不见，对此我深表不满：“你怎么老坐在电脑前啊？”

欣宝说：“妈妈不是爸爸的公主了，爸爸的公主是电脑。”

闺女，你真相了！

周末，我出差在外，林知逸一个人带着欣宝逛家乐福。

等我出差回来，欣宝拿着一个蓝色变装史迪奇的米奇递给我：“妈妈，这是送给你的礼物。”

我欣喜地接过礼物，问她：“这是你自己给妈妈选的礼物吗？”

欣宝说：“是我和爸爸在家乐福买东西时送的，本来爸爸的是金色的，后来有人跟爸爸换，爸爸就换成这个了。”

这时林知逸在一旁补充：“玩偶是随机送的，我抽中了金色米奇，据说一箱玩偶里只有一个金米奇，但我又不喜欢金米奇，所以别人拿三个别的款式跟我换，我就换了。”

“有一个小熊维尼的我送给小福了，还有一个唐老鸭的丢了。”欣宝在解释这三个玩偶的去处。

可我看着手中的变装米奇，却惦记着金色米奇，我对林知逸说：“其实我更喜欢金色米奇。”

“欣宝不喜欢。”林知逸淡淡地说。

“……”好吧，你赢了。一切听领导的指挥，我家的领导是欣宝。

下个周末我继续出差，出差回来时，林知逸去接我。

一见我，他就递给我一个米奇挂件小礼盒：“打开看看。”

我打开发现了一只金光闪闪的米奇，惊讶地说：“你不会专门去买的吧？”

他说：“还是去逛家乐福送的。我手气好，两次都随机抽到了金色米奇。本来现场有两个人都抢着要拿四五个别的款式跟我换，但我没换。我对他们说，虽然我不喜欢这个金米奇，但是我老婆喜欢，我谁也不换，我希望把我的好运气给她。”

我把玩着米奇玩偶，对他说：“你这么说，确定别人不会打你吗？”

“他们就算打我，我也不换，因为你喜欢。”

他说这句话的时候带着点孩子般的倔强，可我偏偏就喜欢看他这样的表情。

他是个经常走好运的人，吃饭时饭店开的发票偶尔也能中奖五十元，买彩票也中过两百元，到家乐福购物两次都能抽到稀有挂件金色米奇……

我很少有这样的好运气，或许，在我遇到林知逸的时候，就已经花光所有运气。

就像一首歌唱的那样：“在有生的瞬间能遇到你，竟花光所有运气。”

第二十六章

因为你，
成为更好的自己

近期青春怀旧电影很多，看了好几部之后，我就忍不住追忆从前。

晚上临睡前，我对林知逸说了很多我们上学时候的事情：比如他有次带我去学校西门的某饭店吃饭，是个川菜馆，几乎每样菜都辣，他就用白开水把菜涮一下再夹给我；比如他经常在路上“偶遇”我，问我去哪儿，然后“顺便”送我去教室；比如他陪我一起上课，我打瞌睡趴在桌上睡觉，醒来发现他正盯着我看，我却流了一桌子口水……

我说得津津有味，总觉得从前的时光带着一种花的芬芳。

他却听得睡意浓浓，他说：“快睡吧，这些事情还是等老了坐在摇椅上慢慢摇的时候再说吧。”

我说：“那万一到时候我记不得了呢？”

他说：“没关系，你记不得，我慢慢讲给你听。”

心中涌起一阵暖意，嗯，今晚我可以做个美梦了。

有天我和林知逸看着学生时期的照片，回忆以前相处的片段。

想起彼此初次相见的场景，我问他：“你是什么时候喜欢我的？”

他说："那次一起在食堂吃饭，你说肚子疼，还有让我吃你剩饭的时候。"

我得意地笑："那你确实是对我一见钟情啊！"

他问："你当时对我是什么感觉呢？"

我说："我当时想，这个人戴副眼镜，穿得也不够洋气，跟我理想中的男朋友不一样。不过转念一想，又不是我男朋友，关我啥事啊？谁知道后来竟然成了我男朋友呢！"

"……"他沉默一会儿，继续说，"那你当时穿那样吸引我做什么？"我回想了下，我当时只不过是穿了一条白色连衣裙而已。

我说："我只是想要注意下自己的形象嘛。"

他撇嘴："就你那样，也叫形象啊？"

我："……"这应该纯粹是打击报复吧？

有一回追忆校园往事时，林知逸从时光之海里打捞出一片被我遗忘的角落。

他问我："你是不是曾经暗恋过我宿舍某位帅哥？"

"我哪有？"我一口否认。

"那你怎么有一回在学校布告栏前偷偷撕他的照片？"

他一提这件事，我瞬间明白了。那时正逢学校举办"校园十佳歌手"大赛，那一届的冠军十分帅，大帮为之着迷，做梦都想拥有他的照片。

为了能让大帮圆梦，我就趁校园人少的时候，来到布告栏前，悄悄撕那帅哥冠军的照片。可是我的手才刚做出撕照片一角的动作，身后就传来一声猛喝："同学，请拿开你伸向帅哥的黑手。"

我尴尬万分，满面通红，生平第一次做亏心事就被人发现了，我辩解："我……只是看看而已……"然后落荒而逃。

我问林知逸："你怎么知道这件陈年旧事？"

他说："因为就是我阻拦了你的犯罪行为。"

"……"不都说最美的时候遇见你吗？怎么生平最尴尬之事偏偏被他看到了？

我看书时看到这么一句话——"不一定要找最好的搭档，而是要成为最好的搭档。"对此我深有感触，不管是友情路、爱情路，还是人生路，我们遇到那个人的时候，他都不是条件最好的搭档，可是走着走着，却发现他成了最好的搭档。

于是，我对林知逸说："书上说，'不一定要找最好的搭档，而是要成为最好的搭档'。老公，我们彼此认识的时候，条件都不怎么样，但我们却成了最好的搭档。"

他说："那我们岂不是黄金搭档？"

我笑了，眼里浮现出一系列画面——我的文章他每篇必读，如果我写得不够好，他会帮我修改到半夜；我怀孕时，他每天都送我上班，接我下班；遇到不开心的事情我会一股脑倒给他，他总说"这都没什么大不了的，没有什么事情比让自己开心更重要"……

我和他的性格不一样：我是急性子，他是慢性子；我开朗活泼，他沉默寡言；我是工作狂，凡事都讲究效率，他乐于享受生活，能从平淡中品出一番美好；我有些敏感，情绪容易被乱七八糟的事情左右，他却像是得道高僧，很少有事情会影响到他的心情。

有首叫《黑白配》的歌里唱："白天它不懂夜的黑，你却懂得我的美"，"在这个彩色的世界，有你我才会存在"。

遇到他时，我不够好，他也不够好，可我们却因为彼此，成为更好的自己。

第二十七章

生个孩子报答你

有一天我发现：欣宝跟林知逸合影时，她都是笑得很灿烂的表情，而跟我合影时，她的表情一般比较惆怅。

我指着照片对林知逸说："难怪很多人都说女孩跟爸爸比较亲，你看，我们欣宝跟我拍合影时就不如跟你拍合影时开心。"

他说："其实最根本的原因不是她跟谁比较亲，而是，拍合影的时候，你总爱臭美，自己想当红花，我却甘当绿叶，以逗乐孩子为主。"

我仔细回想了一下……好像确实如此。

某天，林知逸做了件让我感到温暖的事情——冬天来了，他买了新款泡脚盆，让我每天泡脚，说那样有助于睡眠，也不容易感冒。

我当时感动地说："既然你对我这么好，我决定再生个孩子报答你。"

他立即皱眉："这不是报答，是报复吧！现在生一个孩子都要熬到深夜一两点睡觉，再生一个，还不知道有多辛苦呢！"

有次我出差，婆婆把我送出门，我说：“您留步吧，不用送了。”

婆婆说：“我给你按电梯。”

我说：“没关系，我自己按。”

婆婆说：“你行李太多，我帮你拿到电梯口。再说谁知道电梯啥时候到啊？我陪你一起等。”

林知逸这时发话了，拉住婆婆：“妈，您这不是抢我的风头吗？”

我忍不住笑了。

只是，这两人都争着送我出门，这到底是好是坏？

我又要出差了，对欣宝有些歉疚，周末没法陪她。

我对她说：“妈妈周末要去上海出差了，给你买礼物好吗？”

她问：“什么礼物啊？”问完我还来不及回答，她就说，“给我买个螃蟹吧。”

汗啊，怎么每次去上海出差提到给她买礼物，她就提螃蟹啊？

“上海”不是“大海”好吧。

我问欣宝：“你找到自己喜欢的事情了吗？”

欣宝坚定地回答：“找到了，画画和做蛋糕。”

我表示很欣慰，又问她：“那妈妈喜欢的事情是什么？”

欣宝毫不迟疑地回答：“做书和写书。”

嗯，我女儿果然懂我。我又问：“爸爸喜欢的事情是什么？”

欣宝茫然地说：“不知道。”

“那你去问下爸爸他喜欢的是什么，然后把答案告诉我。”

她屁颠屁颠跑到客厅问林知逸：“爸爸，你喜欢什么？”

不一会儿，她跑回来，告诉我：“爸爸说他喜欢我。”

我：“……你问他喜欢的事情是什么。”

小妞又屁颠屁颠跑到客厅问林知逸：“爸爸，你喜欢的事情是什么？”

不一会儿，她跑回来：“爸爸说他喜欢的事情是吃饭和睡觉。”

我怒了，对着客厅吼：“林知逸，在孩子面前，你能不能有点追求？”

某人淡定地回应：“我追求的就是你，已经追到手了。”

我再度无语。

周末，我和林知逸带欣宝去公园玩，她从背包里翻出酸奶，林知逸帮她插上吸管后，她并没有着急去喝，而是说：“找个凳子坐着喝。”我想，这点还真是随我，讲究好吃不如宽坐。

欣宝走到前面一张长凳前，并没有立即坐上去，而是用手摸了摸凳子，说：“凳子太烫，找个不烫的坐。”又往前走了一点，她指着不远处的凳子说，“坐在那里吧。”

我说：“那里的凳子暴露在太阳底下，应该也是烫的。”

本以为她会失望，谁知她随遇而安地说：“那我就站着喝吧。”然后，开喝……

我夸她：“这个孩子不但懂得享受，还会随机应变，真不错。”

旁边一直闷声不响的林知逸淡定地发话了：“随我。”

我：“……”

有天晚上欣宝半夜闹腾，吵着要出去玩一下，不然就是看 iPad。

三更半夜的当然满足不了她这个要求，于是她就撕心裂肺地哭，足足哭了半个小时。

第二天早上，我的婆婆大人疑惑地说：“这孩子怎么就哭得这么凶呢？”

我不以为然：“那算什么，我小时候哭得比她厉害多了，早上醒来哭一次，吃饭前哭一次，睡觉前哭一次。”

“哦，原来是遗传。”婆婆大人一副恍然大悟的表情。

林知逸的毒舌才真的是遗传吧？有其母必有其子啊！

冬日某天，我和林知逸带着欣宝一起去北海公园玩滑冰车。

他问欣宝：“你和妈妈一起坐滑冰车还是和爸爸一起？”

欣宝毫不迟疑地说：“和妈妈一起。”

我窃喜，女儿啊，果然是妈妈的贴心小棉袄。

但是作为南方人，这滑冰车我确实是第一次玩，要么就是力气使得太小，要么就是方向把握不好，总之好半天滑冰车才龟速前进一点。

眼看着林知逸的滑冰车在我周围绕了一圈又一圈，欣宝说：“妈妈滑得不好，我要坐爸爸的车。”

这是嫌弃我的开车技术啊。

欣宝坐上林知逸的冰车，他让她抓紧一点，然后照样玩一些甩尾、漂移的小动作，欣宝小朋友发出一阵阵欢笑声。

回去后，林知逸问欣宝：“今天爸爸的冰车滑得快不快？”

欣宝大声回答：“快！”

这马屁拍得真响。

“爸爸滑得那么快，欣宝居然一点都不害怕。”

这是父女互拍马屁的节奏吗？敢情把我当透明人了。

这时欣宝拍拍自己的胸脯，一本正经地说：“我好牛哦！”

我瞬间喷了！互拍完马屁，还要来个自夸，也真是醉了。

有天早晨，我和欣宝正一起看书，林知逸走过来说："今天早上还没有抱过一个宝宝。"

欣宝闻言把手臂张开，等待爸爸的拥抱。

孰料林知逸张开手臂，把我环抱住了："我是说的这个大宝宝。"

欣宝略有些失落地放下手臂，说："爸爸怎么抱得动这么大的东西？"

我立即反驳："我不是东西……"

林知逸笑喷了，然后松开我，去把欣宝抱起来："这是我的小宝宝。"

不知怎么，突然就想起宋小君说的那句话："要努力做一个世界上最幸福的男人，找一个姑娘，宠成女儿，然后和这个被你宠成女儿的姑娘，再生一个女儿，两个女儿一起陪伴着你，耗尽你的一生。"

如果照这么说，林知逸岂不是世界上最幸福的男人？而我和欣宝就是成全他的两个姑娘。

第二十八章

大天蝎和大金牛的日常

我的性格很符合杂志上写的天蝎座特征，每次看杂志看到有关星座的栏目，我都会看天蝎座和金牛座的本月运程，往往是“这个月的蝎子桃花运旺盛，金钱运很好，事业和爱情都很圆满”，“这个月的牛牛要注意下身边容易犯小人，工作不太顺心，尤其是财运不佳”。

基本上每个月都是天蝎座的人运气好，金牛座的人不太走运。

我每次都拿给金牛座的林知逸看：“你要小心点了，你这个月财运不佳，少买点股票。”

他却表现得很淡定：“这个写星座专栏的人应该是天蝎座，并且有金牛座的仇敌吧？”

星座专栏上说天蝎座的人会互相吸引，我就想起身边有三个关系不错的朋友都是天蝎座，瞬间觉得说得好准，然后开始遐想联翩：“还好当时我没遇到天蝎男，否则一定会天雷勾动地火，来一段轰轰烈烈惊天地泣鬼神的爱情。”

某金牛男闻言脸黑了。

有天林知逸扔给我一条微博链接："看我大金牛！"言语间是满满的嘚瑟和自豪，有种"长期被大天蝎压制终于扳回一局"的感觉。我点开一看，发现这条微博用九宫格的形式列举了金牛座的特点：

1. 不论什么事，都先考虑别人和大局！
2. 高品位，有格调！
3. 暖，但拒绝做中央空调！没关系的人都滚一边去！
4. 从不轻易说分手！
5. 自带温和气质，让你也忍不住变得岁月静好！
6. 会为你花大钱，但也会细心过日子！
7. 闷骚却又贱兮兮的样子最可爱！
8. 宁愿单着，也不愿将就！
9. 虽然脾气是真的倔了点，但是心地也是真的善良。

一条条看下来，居然每一条套在林知逸身上都是一语中的！

如果不是微博博主是知名星座大 V 同道大叔，我还真以为这微博是林知逸披着马甲发的！

这九条符合林知逸的个性，我最喜欢第 4 条、第 5 条和第 8 条。

因为第 8 条，所以他在遇到我之前，恋爱史一片空白；

因为第 4 条，所以他在和我相爱之后，就一直在一起；

因为第5条，所以急性子、暴脾气的我也变得温和，只觉岁月静好。

公司组织豪华邮轮出游时，我带家属前往。

出发前几天，林知逸就念叨："想到是在船上旅行就觉得没太大意思呢。"

我说："怎么没意思？你想想电影《泰坦尼克号》那样的旷世绝恋就是在船上发生的哦！"

他说："娃都有了，恋什么恋啊？"

我睨他一眼："你的意思是没有娃，就可以恋了？"

"……被你带沟里了。"

上邮轮前，我和欣宝约法三章，我说："我保证，我不打你、不骂你也不凶你。"

欣宝说："我保证我不哭、不闹也不哼。"

说完，两人小拇指拉钩，大拇指盖章，算敲定协议。

但是，到了邮轮上，欣宝已经把她对我的承诺抛之脑后了，只要遇到一点不如她意的事情就哼哼唧唧，我忍不住，凶了她几句。

她气呼呼地对我说："我最讨厌妈妈了，我要一个人。"

然后她真的一个人跑进卫生间，把门关上，不理我。

过了一会儿，她走出来对我说："我想吃冰激凌，如果你给我买冰激凌，我就觉得你好了。"

"……"跟小吃货谈判，一个冰激凌就能把她收服了。

有天我从理发店回来，林知逸盯着我看了半天说："烫头发了？"

我点头："嗯。"

他又看了一眼："怎么下面的头发是直的。"

"我只烫了刘海儿。"

"……你真是把钱用在刀刃上。"

临睡前，林知逸给欣宝讲巧虎的故事，书上是巧虎自己坐餐桌椅吃饭。

林知逸趁机说："巧虎自己吃饭都没有看 iPad，很乖的。我们以后也自己吃饭，不看 iPad 好吗？"

欣宝答应得很爽快，"好。"然后想了想说，"以后吃饭我不看 iPad 了……看电脑。"

某个工作日，林知逸主动提议："今天我陪你逛商场吧。"

听到这句话，我瞬间石化了。平常周末让他陪我逛街他都是百般不情愿，恨不得放到"老公寄存站"，今天怎么突然变得如此主动？

不是太阳打西边出来了，就是他做了什么对不起我的事情吧？

"今天是周四，我们都得上班！"我好心提醒他。

"哦。"怎么听起来他的口气还有着淡淡的失落？

怪我咯？怪我没给他弥补的机会咯？

"你是不是做什么亏心事了？"我问他。

他一口否认："才不是，我一直很正派的好吧？"

"无事献殷勤，非奸即盗。你为什么突然良心发现要陪我逛街？"我把疑惑提出来。

他犹豫了几秒钟，才回答："你不是在朋友圈感慨'明天和意外不知道哪个会先来'吗？我就想趁活着多陪陪你。"

我汗，因为新闻里的意外事件我发了几句感慨，没想到就让他想付诸行动了。不过，从另一个角度想，这是不是说明他很在乎我？

欣宝站到穿衣镜前，对着镜子用手拨弄刘海儿，她将齐刘海儿拨到一旁，变成斜刘海儿，然后自言自语："这样像大柠吗？"

林知逸感慨："榜样的重要性啊！"随即想起什么似的，说："那她长大不会是工作狂吧？我可怜的女儿啊！”

我：“……”

欣宝看着卧室墙上挂着的我和林知逸的婚纱照，说：“妈妈的王子是爸爸。我的王子是谁呢？”

我说：“善良乐观、对你好的人。”

她说：“小福对我不好。”小福是她在幼儿园的小朋友，也是邻居，算是竹马。

我问：“他怎么对你不好了？”

她答：“他都不拉我的手。”

闺女，咱矜持点行吗？

第二十九章

工作达人，生活小白

作者小西的新书出版后，我和她一起做读者见面会，除了活动现场我会穿连衣裙，平常我习惯穿休闲装。于是每次去酒店见小西，我一般都是“仔裤＋ T 恤”的装扮。

有次小西问我：“怎么每次见你时你都是这身衣服？”

我：“我有两套一模一样的，因为穿着舒服，懒得再挑，又重新买了一套。”

小西：“……”

小西发现我某双鞋穿了好久还像新买的一样，她疑惑道：“这款鞋子，明明你先买的，我后买的，怎么你这双鞋看起来比我的还要新？”

我：“因为好穿，我买了两双。”

小西：“……”

还有一回在云南大理做完活动，我们一起去洋人街喝了点小酒，回到酒店已经十二点多了。

那天小西和朋友住一间房间，我一个人住一间房间。

那个酒店设计得很古色古香，木头窗棂，木地板，住在里面都有一种穿越的感觉。

可是，浴室设计得特别现代，热水器开关是我之前从未见过的，我对着热水器研究了好半天，都不知道如何打开。

看看手表，已经深夜一点了，心想小西已经睡了吧，也不好意思打扰她，只好打电话给服务台，居然没人接！

虽然热水器不会用，但是澡总要洗吧！

最后，我用杯子在洗手池里的水龙头下方接水，就用一杯杯水将就着冲洗身体，算是洗完了澡。

第二天，我就"热水器究竟怎么用"这个问题请教小西，小西和她朋友听到后哈哈大笑，一点都不给我面子。

和小西在一起做活动久了，她对我总结——你除了在你的工作领域做得风生水起，十分专业细心之外，在生活方面你简直是个白痴。简而言之，你就是工作达人，生活小白。

想到每次收拾行李离开酒店，我总要比她早起一个小时收拾，收拾到最后，她还会再帮我收纳整理一下……好吧，她总结得很到位。

说到生活小白，连林知逸都不放心我的生活自理能力。

为了方便照顾我，他找工作的首要条件是"少出差"。

有次他难得地出差，临走时对我千叮咛万嘱咐，让我觉得他突然变得格外啰唆："你别不放心我了，我会好好照顾自己的。"

他没好气地说："我不是不放心你，我是不放心家里的电器。"

我：“……”

刚结婚时，我为了显示自己具有贤妻良母的潜质，有天早上起床煲粥给林知逸吃。

淘完米下锅，加了水，打开电饭锅，我继续爬床上呼呼大睡，结果醒来时，电饭锅里的水开后溢了出来，导致保险丝被烧坏，家里停电。

有个周末林知逸出差，中午我打算煮泡面吃，结果煤气灶拧半天也点不着火。上网搜解决方法，结果还是不会，最后不得已打电话向林知逸请教。当时他在电话那端都愣住了，估计这是他接触过的历史上最白痴的问题吧。

那天晚上，我想，煤气灶难为我，电饭锅应该不会难为我吧？于是我打算晚上煮白米饭，就着楼下买的卤煮吃。

结果饭煮熟了也吃不到——因为我不会打开电饭锅！

只好再次打电话向林知逸请教。他无奈地说：“你打来电话我还以为你想我了呢，怎么每次都问这种毫无技术含量的问题！”

“谁叫你换了新电饭锅，电饭锅太高端，我用不了。”

林知逸：“……”

我因为晚饭吃得太多，担心消化不良，于是拿健胃消食片吃，吃完一片，再吃第二片时，结果一不小心，左手食指被药板侧面锋利的边缘划了一道口子，我喊林知逸：“林知逸，快过来！我手指受伤了，给我拿创可贴。”

他从卧室奔过来：“怎么回事？”

了解完状况后，他一边给我贴创可贴，一边说：“吃个药也会受伤，你估计是史上第一个被药板划伤的人吧。”

贴完创可贴，他去翻看药盒和说明书：“这药没说注意事项是‘请小心不要被药板划伤’，没有友情提醒，按理说可以告制药的厂家吧？”

“……”你这到底是为我的食指鸣不平还是故意嘲笑我犯的错太弱智呢？

后来的那一周，我用电脑敲字时，左手都得翘着兰花指。

洗头时我也可以对林知逸说：“我的手指受伤了，你帮我洗头好吗？”而他任劳任怨地说“好”。

嗯，当个生活小白，貌似还有意外的福利，也挺好啊。

就比如——以前给手机充值还没有支付宝和银联，都是买充值卡，可是看着那密密麻麻的密码要输入进去，我从来就没有耐心，要么输错，要么输不完就想干别的事了。于是后来，给手机充值这个伟大而艰巨的任务就交给林知逸了。

哪怕现在有了支付宝、银联，给手机充值、给某宝付款这种技术活儿还是由他代劳。

欣宝翻看我手机里的照片，突然翻到元旦那天幼儿园上公开课时我和孩子一起包饺子的画面。

她看着照片说：“妈妈你看，这是上次我们包饺子的照片。”

我正想慨叹“好美妙的时光，好其乐融融的场景”，还没来得及说出口，欣宝就拿着照片给她奶奶看：“奶奶，那次小福妈妈说，欣宝妈妈包的饺子好丑啊！”

我是生活小白的事情难道这么早就让我年幼的女儿知道了吗？我以后还要怎么在她面前维持光辉伟大的形象？

第三十章

我的“小情敌”

近期工作太忙，我陪欣宝的时间少了，因此林知逸就颇受女儿欢迎了。

我回到家想抱欣宝，她居然扭转身子，奔向林知逸的怀抱，说：“爸爸抱，妈妈抱肚子疼，爸爸抱肚子不疼。”

我怎么不知道林知逸的拥抱居然还有疗愈的功能?

晚上吃饭时，欣宝念念有词：“先吃饭然后画画，然后洗澡，然后爸爸陪我睡，我最喜欢爸爸了。”

好吧，我是隐形人。

我看她吃饭并不认真，对她说：“那你好好吃饭，不然爸爸就不陪你睡，陪妈妈睡了。”

欣宝噘起小嘴：“我不！”

汗，这样子太像我的“小情敌”了。说女儿是男人前世的情人，也不无几分道理。

欣宝从幼儿园回来，不是画画、看书就是玩彩泥，她说今天要用彩泥捏爸爸妈妈和宝宝。

看她在捏好的人物旁边放了支铅笔，我问："你用铅笔干吗？"

她答："戳妈妈脸上的斑。"

我："……"

后来她又在另一张泥人脸上戳，我问："这又是干吗？"

她："这是爸爸上火起的泡。"

我："……"

原来，不是所有艺术都高于生活的。

周末奶奶为改善伙食，煲了排骨汤，她夹起一根排骨给欣宝："宝宝吃这个。"

欣宝却不领情："我不要，我又不是狗。狗才吃肉骨头。"

正在旁边啃肉骨头的我，听到这句话，默默把骨头放回碗中。

欣宝一句话总结家里三位女性爱看的电视剧类型："奶奶喜欢看老头，妈妈喜欢看帅哥，我喜欢看小企鹅。"

还挺押韵的。

名词解释：这里的"老头"是《乡村爱情故事》的代名词；"帅哥"是韩剧的代名词；"小企鹅"是动画片《小企鹅 Pororo》的代名词。

某天晚上，我问欣宝："今天晚上跟奶奶睡还是跟妈妈睡？"

欣宝答曰："跟爸爸睡。"

我汗。究竟是选择题对她没用还是她喜欢爸爸多一些呢？

林知逸说："那说明我女儿情商高，不愿意得罪你们俩。情商高这点像谁呢？嗯，像我。"

……有这样拐着弯夸自己的吗？

“快到白色情人节了，听说这是女生给男生送礼物的日子。”林知逸翻看着网页貌似不经意地说。

我瞥他一眼：“情人节的时候我都没收到礼物呢！”

他还来不及开口，欣宝就拿起她的魔法棒指向他：“你每次都不给妈妈送礼物，小心我惩罚你哦！”

我狂笑的同时又倍感欣慰，以后教训某人用不着我出马啦！

欣宝特别爱看书，这点倒是像我，爱阅读是一件好事，有天我问她：“你看书的时候是个开心的孩子还是忧伤的孩子？”

她回答：“忧伤的吧。”

呃，这是要向仰望四十五度天空的文艺少女发展的趋势吗？

我又问她：“你知道忧伤是什么意思吗？”

她说：“不知道。”

我瞬间喷了。文艺少女一秒钟变幽默少女。

欣宝开始喜欢《白雪公主》的故事，幻想着穿白雪公主的长裙子。

于是圣诞节前夕，我从某宝买了一套白雪公主裙送她。

她看到裙子时两眼发亮，直呼“我太高兴了”，然后又让我给她讲了一遍白雪公主的故事。

讲到新王后嫉妒心强时，欣宝问我：“什么叫嫉妒？”

我解释：“嫉妒就是别人有的东西她也想要，别人美丽她也要美丽。”

欣宝说：“新王后这样像小偷。”然后想了想，补充，“王子像警察。”

对哦，王子救了公主，可不就是符合欣宝对警察叔叔英勇救人的印象吗？

有天早上欣宝刚醒来就开始哭，哭得满头大汗。

我把她抱起来，帮她理下头发："别哭了，夏天哭多难受啊，浑身出汗，头发都黏成一团了。"

她似乎听懂了，沉默一会儿，然后说："以后冬天哭。"

我哭笑不得。

欣宝从动物园回来，问林知逸："爸爸，为什么猴子是红屁股？"

林知逸答："因为它不穿裤子从滑梯上滑下来所以是红屁股。"

欣宝补充："它被爸爸妈妈打屁股所以红屁股。"

我："……"

每回逛超市，欣宝都会逛花鸟虫鱼区，她喜欢看鱼在鱼缸里游来游去。

有一次，我们发现鱼缸里有一条鱼肚子朝上浮在水面，有两条小鱼用嘴巴去碰它的身体。林知逸说："好像那条鱼死掉了，别的鱼在吃它。"

欣宝说："不是吃它，是叫它别死掉，赶紧起来玩。"

心中莫名一暖，小孩子的想法就是这么天真善良。

和欣宝一起洗澡时，我总会放点音乐。

有次我放了周杰伦的《听妈妈的话》，林知逸说我放这首歌有些心机。

我狡辩："因为我是周杰伦粉丝，想让我女儿也成为他粉丝不行吗？"

林知逸笑了笑，不置可否。好吧，其实不仅因为我是周杰伦粉丝，也因为我很喜欢那句歌词："听妈妈的话，别让她受伤，想快快长大，才能保护她。"多暖心啊！

后来欣宝小朋友居然唱起了改良 Rap 版："小朋友，你要听妈妈的话，听爸爸的话，然后听奶奶的话……"听她循环往复这句话我都要被她感动了。

不过，闺女，哪怕给自己洗脑，唱三遍就成了，你这都唱一晚上了……

有天我发现某条心爱的牛仔裤因为穿的频率太高破了一个洞，我指着那个洞给欣宝看："妈妈的衣服都坏了，怎么办？"

我以为她会说"没关系，长大我给你买"之类的话，正准备作感动状，结果她说："你是准备做乞丐了吗？"

我顿时泪流满面，而且是宽面条泪。

人家都说表哥表妹天生一对，金庸笔下有表哥表妹纠缠不清的，林知逸也有个曾暗恋过他的表妹。

临近春节，林知逸说春节回家乡有点事情要找表妹。

欣宝说："提表妹干啥啊？"

我和林知逸面面相觑。

欣宝继续说："表妹没意思。"

林知逸说："你说到你妈的心坎上了。"

欣宝说："下次别提表妹了。"

林知逸说："你简直是你妈的知音啊！"

看他们父女俩你一言我一语，我只顾偷着乐，有小帮手的感觉怎么这么爽呢?

"你们俩拉拉手。"欣宝站在小椅子上，一手叉腰，一手指挥。

我和林知逸面带笑意地拉起对方的手。

"你们俩抱一抱。"她继续指挥。

我扭捏了下，林知逸犹豫了下，然后还是彼此拥抱一下，再松开。

欣宝得逞般地笑了笑，接着指挥："你们俩亲亲。"

我和林知逸相视而笑，然后，他凑过来，在我的左脸颊亲了亲。

欣宝不满足："亲嘴。"

这位小导演也太会得寸进尺了。

我憋住笑，把欣宝从小椅子上抱下来："行了啊，欣宝，现在时间不早了，咱们去洗澡。"

她的注意力倒转移得很快："今天洗澡我要听'口袋里没有半毛钱'。"

我一边应着，一边帮她纠正："那首歌叫《童年》。"

"就是口袋里没有半毛钱……"她已经唱上了。

周日我在家里写文章，林知逸带欣宝出去玩，回来时欣宝说给我带了礼物。

她指着袋子里的三个甜甜圈，说："这个是我的，这个是妈妈的，这个是爸爸的。"

奶奶闻言不快了："奶奶的呢？"

我们正打算看好戏，结果欣宝说："我把我的给奶奶尝一口。"

奶奶瞬间觉得好窝心。

某天晚上和欣宝聊天——

欣宝："我长大后谁给我买大自行车啊？"

我："爸爸妈妈啊。"

欣宝："可是，那时候你们躺床上，不能动了吧？"

我："我们身体好得很。"

欣宝："你们早睡早起身体好，你们陪我长大，活到一百岁，不，活到一百五十岁。你们老了也可以给我讲故事吧？"

我："我牙齿都掉光了，怎么讲啊？"

欣宝："我那时大了，我给你们讲吧，好吗？"

我："好。"

有天我正拿着手机投入地看小说，欣宝要来抢我手机时，我说："你去看你爸的。"

于是欣宝屁颠屁颠跑去找林知逸："爸爸，妈妈让我看你的手机。"

林知逸问："妈妈怎么说的？"

"妈妈说，你让爸爸把手机给你。"

林知逸"扑"地笑了："这不是假传圣旨吗？"

有阵子欣宝要看《小企鹅 Pororo》的动画片吃饭才专心（后来知道对消化和视力不好，我帮她戒掉了这个坏习惯），等她吃完饭，我把播放动画片的笔记本电脑搬到卧室，她有些不情愿。

我说："妈妈要用电脑工作了。"

结果不一会儿，欣宝就把自己的小圆板凳推到房间，放到我旁边，煞有介事地说："宝宝工作。"

我汗，她的工作就是看小企鹅吗？

我不让她用电脑，结果她作势要开旁边的台式电脑，并说："爸爸工作。"

林知逸听后哭笑不得："下班后还工作？在单位有大领导压迫，在家有小领导指挥，这日子没法过了。"

有天晚上我在卧室给欣宝讲故事，书上有只叫琪琪的小兔子，小兔子说长大想当公主。

我问欣宝："你长大想当什么呢？"

欣宝说："我长大想当新娘子。"

我心想，好接地气的理想！

我问她："你当新娘子，谁来当王子呢？"

她毫不犹豫地说："爸爸啊！"

果然是跟我抢男人的"小情敌"。

说话间，林知逸走进卧室。欣宝说："我的王子来了。"

我装没看见，继续问欣宝："你的王子是谁啊？"

欣宝的小手对着林知逸一指："就是他啊，他是我的王子。"

我说："他是我的王子。"

欣宝强调："我的！"

在我们争论某人的归属权问题时，某人却一脸幸福得意地看着我们笑了。

第三十一章

宝贝，你是上帝派来的吧

有天晚上，家里没食用油了，我带着欣宝去超市，买食用油时顺便买了点别的日用品，回来时，欣宝见我拿的东西太多，主动请缨帮我拿一卷卫生纸。

我们在回家的电梯里遇到住在同一幢楼的一位男士，我让欣宝跟他打了声招呼："叔叔好。"

那位男士说："小朋友，应该让你爸爸帮你拿。"

欣宝说："爸爸还在加班，没有回来。"

那位男士逗她："这么晚了还在加班，把你的爸爸换掉好不好？"

欣宝说："可是……应该把领导换掉吧。"

回答好机智。

随我。

欣宝从幼儿园回来，对我说："妈妈，转转的妹妹叫悠悠，你如果生个弟弟，就叫贝贝吧。"我一想，大宝的小名带有"宝"，二宝的小名带个"贝"字，凑成"宝贝"也挺好。

我正准备给欣宝点评这个名字，结果她开始唱："Oh, Baby baby……"

我汗，原来她取名"贝贝"的灵感来源于这首歌啊。

我问欣宝："贝贝是小名，大名叫什么呢？"

她说："大名叫'蝴蝶花'。"

我说："不能姓胡，要姓林。"

她嫌弃地说："姓林好土啊。"

"姓丁呢？"

"一样土。"

我："……"

我给欣宝洗完头发，给她吹头发时问她："妈妈给你吹头发，幸福吗？"

她答："幸福。"

我说："以前每次爸爸给妈妈吹头发，我都会感觉到幸福。"

她问："那他给你吹头发的时候亲你了吗？"

我："……"

现在小朋友的思想太前卫了！

和欣宝一起洗澡时，她说："妈妈，你的胸部怎么这么小？"

我心想：枉我当初就是用它把你喂养大，何况，你爸都不嫌弃我，你有什么好嫌弃的？

我说："我觉得胸不在大，够用就行。"

她说："奶奶的比较大。"

"你怎么不说奶奶胖呢？"胸部很多时候是跟胖瘦成正比的。

闺女你知不知道这是在挑拨婆媳间的关系啊。

周末，我们出门准备去公园玩。

林知逸带着欣宝走出门不远，我还在屋里换鞋，听见欣宝对林知逸说："等一下你的老板。"

林知逸问："老板是谁啊？"

欣宝答："大柠啊！"

林知逸说："那是我老婆。"

汗，老板、老婆傻傻分不清楚。

我给欣宝讲睡前故事，书里的小朋友说长大想当老师。

于是我顺便问欣宝："你长大想当什么？"

她毫不犹豫地回答："厨师。"

我疑惑："你之前不是想当画家的吗？怎么改变主意了？"

她说："厨师和画家都想做。"

我问："为什么要当厨师？"

她说："因为厨师做的饭好吃，我可以尝尝蛋糕。"

我汗："原来是为了满足吃货的需求。"

她说："我不只是吃货，我还是看手机货。"

挺有自知之明的嘛。

两人睡前笑成一团。

由于我即将举办第一场读者见面会，在微信上对好友说要给粉丝准备礼物时，被欣宝小朋友听到了。

她问："是手机上的粉丝吗？"

我说："是啊。我也是你的粉丝。"

欣宝举一反三："我是爸爸、妈妈、奶奶的粉丝。"

我说："嗯，很好，我们都把家人当偶像。你就是我的大偶像。"

欣宝说："你说的是大象的象吗？"

我立即笑喷了。

我刚洗完澡从浴室出来，看到林知逸和欣宝父女俩并排躺在床上。

林知逸闭着眼睛给欣宝讲故事："从前有座山，山里有座庙……"

我心想，不会循环往复地往下讲"庙里有个老和尚，老和尚说，从前有座山，山里有座庙……"吧？结果林知逸接下来说的是："庙里有个大灰狼，想吃小红帽……"

于是，《从前有座山》的故事就瞬间跳跃到了《小红帽》的故事。

和林知逸带欣宝去超市，结账时她非要买巧克力。

不给她买，她就哭，并且口中念念有词："坏爸爸，坏妈妈！"

我和林知逸不动声色，任由她哭，后来她说："坏爸爸！坏妈妈！好欣宝！"

哎呀！诋毁别人的同时还不忘往自己脸上贴金，我和林知逸都绷不住笑了。

林知逸到底是不忍心孩子哭，投降了，给她买了巧克力。

结果她马上笑了，脸上还挂着泪，但已是笑容满满。

有天晚上已经快十一点了，欣宝还在玩拼图，我叫她去洗澡叫了好几次，她都无动于衷。

我对她说："早睡早起才美，长大才可以找得着又帅又好的王子。"

欣宝说："妈妈总睡得晚，妈妈找不到王子，把妈妈的王子扔掉。"

我淡定地说："我的王子就是你爸爸。"

欣宝顿时无语。

我得意不已。

林知逸在一旁笑眯眯地问："斗嘴赢过一个四岁的小孩是什么感觉？"

"哼！很棒的感觉！"

欣宝看了羊年春晚后，对其中一个关于女神和女汉子的小品印象深刻，她说，我们家其实是"女神和女胖子"。

我问："谁是女胖子？"

她答："奶奶。"

我暗自松了口气，继续问："那谁是女神？"

她大言不惭地指向自己："我。"

嗯，女神，我甘拜下风。

就连我有位作者都说你是她的女神呢。

我有次对欣宝说："书海姐姐说你是她的女神呢！三毛是她的第一个女神，你是她的第二个女神。"

我以为欣宝听完会引以为傲，结果她说："我要做第一个！"

小样，占有欲还挺强！

周六早上，早餐时间。

林知逸拿了一块老婆饼，然后说唱道："老婆……和老婆饼……"（请用"女神和女汉子"的音调。）

他说唱的时候，还配合了舞蹈动作：左手指向我，右手举起老婆饼。

结果欣宝有样学样，一边说唱：“老妈……和老干妈……”一边配合舞蹈动作：左手指向我，右手拿起老干妈。

看这父女二人一早就表演小品，敢情把我当道具了？

这两天欣宝都是跟我睡的，但我和林知逸睡得很熟，欣宝又爱踢被子，早上醒来见欣宝咳嗽，对她说：“你晚上还是跟奶奶睡吧，奶奶会帮你盖被子。”

欣宝小嘴一撇：“不嘛！睡在爸爸妈妈中间太幸福了。”

我说：“你幸福了我不幸福啊。你睡中间，王子和公主都不能幸福地睡在一起。”

她笑了，通情达理地说：“那我晚上睡地板。”

这是主动退位让贤的节奏吗？

结果，第二天，林知逸因为一件事情惹恼了欣宝，她怒道：“我讨厌爸爸，把爸爸赶到奶奶房间！”

她说着把林知逸的枕头抱下来，屁颠屁颠地跑进奶奶房间，把枕头放奶奶床上。

然后，她走回房间，对瞠目结舌的林知逸说：“你和你妈妈睡，我和我妈妈睡，每个人都找自己的妈妈。”

这难道是传说中的各回各家，各找各妈？

欣宝几个月大的时候，有次哭得很厉害，我拿了一个小奶牛毛绒玩具给她玩，结果她就对那只小奶牛产生了依赖的感情。

从此，奶牛成了她居家旅行的必备物，她每次走南闯北都要带着它。

后来某一天，她的这只奶牛丢了，她为此伤心难过，几乎夜不能寐。我买了一个一模一样的奶牛做替代品，她起初也看不上这只新奶牛，倒是对那只破旧的奶牛念念不忘。

随着新奶牛陪她的次数越来越多，她有天对我说："妈妈，我以前不喜欢二牛，现在越来越喜欢二牛了。"她给遗失的那只奶牛取名叫"大牛"，这只新奶牛取名叫"二牛"。

我说："人总是这样的，都是渐渐从不喜欢到喜欢。妈妈以前也不喜欢你爸爸，他并不是我理想中的样子，长得并不够帅气。"

欣宝笑了，说："爸爸把头发（刘海儿）捋起来你就笑了，你就喜欢他了吧。"

我脑补了下林知逸把刘海儿梳上去的样子，暗自庆幸：还好他把刘海儿放下来了，否则我可能不会喜欢他吧。

欣宝和我聊天，突然迸出这么一句："我比你晚出生。"

我点头："是啊。我是外婆生的，我后来和爸爸结婚才生了你。"

她问："你们是先结婚再相爱的吗？"

我说："我们是先相爱再结婚的。我们谈了七年恋爱才结婚。"

她又问："为什么啊？"

我说："总要看看两个人适合不适合啊。"

她说："你们是不是考察考察，你考察爸爸，这个男人合适吗？爸爸考察你，这个女人合适吗？"

我笑了："是啊。"

后来，我把这段对话告诉林知逸，他说："你平时都给她说了些什么？她居然能说出这么深刻的话。"

其实，只是有一次，她坚定地跟我说她的王子就是班里的小福，我说："你还是要多考察考察。"没想到，她就把"考察"这个词记在心里，还自我发挥了。

我能说什么？只能说这娃随我，有创作天赋吧？

某天早上，我刚走出家门，正在刷牙的欣宝小朋友右手拿着牙刷、左手抱着毛绒玩具追了出来，我们互相道再见后，她还依依不舍，跟到电梯口。

电梯门打开，我正准备进去，她说："亲一口。"

第一遍我没听清楚，问："什么？"

她又说："妈妈，亲一口。"

我蹲下来，在她脸上亲了一口。

小小身影追逐着我，不过就是为了要一个吻。这个画面我不管回味多少遍都觉得暖心。

最近林知逸做仰卧起坐时，会让欣宝坐在他腿上，然后他起身时，会嘟嘴作势亲欣宝一口。

他俩当着我的面花式秀父女情时，我想起我以前为了瘦肚子，每天晚上做仰卧起坐。

林知逸有次说："为了让你更有动力，你每做一个仰卧起坐，我就奖励你一个吻。"

我回他一句："这个奖励我才不稀罕，还不如等我瘦了，送我几件漂亮衣服来得实际。"

他说："这种奖励太肤浅了，不是我的风格。"

当天晚上，我再做仰卧起坐时，他走过去，摁住我的脚，我一起身，他就亲了我一口，我当时就笑场了："你确定你不是来捣乱的？"

现在欣宝坐在他腿上，他做仰卧起坐时倒做得不亦乐乎。

有次我突发奇想，对欣宝说："你用'世界'和'你'造句试试看，就是你说的话里得带有'世界'和'你'，比如从你的全世界路过。"

她说："全世界我都爱你。"又说，"我来到了这么漂亮的世界，永远都不要离开你。"

想到我和林知逸一起走了十多年，有几次他送给我的蛋糕都写了"在一起"三个字，于是，我脱口而出："和你在一起才是全世界。"

有一天，因为某件事，林知逸对我说话时分贝提高，让我很不爽。

彼时，欣宝就在我旁边，我下意识寻求保护神，对她说："你看，爸爸凶我了。"

欣宝二话不说，直接回我一个吻。

我还来不及感动，她直接对我告白："妈妈，我喜欢你。"

我问她："你更喜欢爸爸还是妈妈？"

她说："我都喜欢。不过，我不喜欢你们生气，你们生气，情绪花园有恶魔的时候，我就想哭，我用哭来教训你们。"

我忍不住笑了。

宝贝，你是上帝派来的吧？既给了我们很多爱和喜悦，又督促我们成长。

第三十二章

心里的房间留给对的人

我问林知逸："你喜欢余乔那样的女孩还是诗诗那样的女神？"

余乔和诗诗并列为我们班两大班花。

他没有正面回答，说："不一样的类型。"

我说："嗯，余乔是潮人，明媚动人；诗诗是神仙姐姐，不染纤尘。不过，你喜欢哪一种？"

"你这种。"他几乎不假思索回答道。

我故意说："你是深思熟虑的吧？"

他说："标准答案。"

我说："最近我在微信朋友圈写这么多字怎么没见你有啥表示啊？姐姐都从贵州发来溢美之词了。"

林知逸说："还要啥表示啊，我天天给你点赞。"

我说："今天的你还没点呢！"

林知逸说："这不带娃呢嘛。"好吧，原谅你了，超级奶爸。

某天我和林知逸去水果超市买水果，他径直走到装黑枣的架子前，看一眼黑枣，说："变白了啊！"

营业员一听笑了，说道："谢谢啊，黑枣给你三块五一斤。"

林知逸说："我是说黑枣变白了。"

营业员沉下脸："四块五一斤。"

我愣是憋住笑。回去后林知逸免不了被我批评教育："说句谎要死啊？夸下别人，每斤能少一块钱啊！"

林知逸很无辜："我要是真当着你的面夸别的女人，我还想不想活啦？"

呃……我有那么小气吗？

人事总监有次面试了一个姑娘，面试的时候这姑娘迟到了，原因是钱包找不到了。面试完她下楼后又折回来，说钥匙找不到了。人事总监总结：果然生个孩子傻三年，这姑娘刚生完孩子半年。

后来我将此事告诉林知逸，并补充道："当初人事总监挖我来公司的时候，我家欣宝还不满两岁，我并没有'生个孩子傻三年'啊！"

林知逸说："你本来就傻。"

我："……"

有天我看了林语堂先生所著的《苏东坡传》，对林知逸感慨："看来我人生的巅峰还没有到来。"

"怎么说？"他疑惑不解。

"苏东坡的降生是在天蝎宫之下，也是他为什么一生饱经忧患的原因，而且他总是谣言的箭垛。林语堂说他和韩愈的命运相似，韩愈的降生也是属于同样的星座。我不也是天蝎座吗？虽然也总会有莫名其妙的谣言攻击我，可是还不够多，应该要等我成为谣言的箭垛，我人生的巅峰时期才会来吧！”

林知逸沉默了一会儿说：“但是他们的命运都有些悲怆，你人生的巅峰还是永远不要来比较好。比起轰轰烈烈芳名永垂不朽，我宁愿你平平淡淡快快乐乐一辈子。”

有天我问林知逸：“你知道爸爸给孩子最好的礼物是什么吗？”

他回答：“应该是陪伴。”

我说：“不对。重新回答。”

他想了想，说：“难道是像童话故事里那样，给孩子找个后妈，让孩子的身心经历磨炼？”

我白他一眼：“滚！”

他说：“那到底是什么？你可不要告诉我答案是钱财之类的。”

我说：“你能不能往高大上方面想一想？其实，爸爸给孩子最好的礼物就是爱妈妈。”

他：“……”

从身边朋友那里听到一个如童话般美好的真实故事：女孩在八岁时遇到了男孩，男孩音乐才华出众，是她的音乐启蒙老师。两人相处久了，女孩内心滋生出一种微妙的情愫，她十二岁那年，对他许诺，希望长大后嫁给他，而男孩也承诺她：“我会等你慢慢长大。”

我听后被打动了，有种“郎骑竹马来，绕床弄青梅”的感觉。有什么比“看着我喜欢的那个人渐渐长大，最后成了我的新娘”更美好的事情呢？

据说他们的故事被人在网上曝光后，也曾引发过争议，争议的核心就是女孩年龄太小，应该不懂什么是爱。

我回顾了下自己的十二岁，貌似那时候我也暗恋班上长得最帅的那个男生，经常借故捣蛋，比如往他的运动衫帽子里扔小纸团，用圆珠笔戳他后背，以引起他的注意。

我问林知逸："你十二岁时，开始知道喜欢女生了吗？"

他有些警惕地问我："你想知道这个干吗？"

我说："没什么，我就是想调查下，一般男女生是什么时候情窦初开的。你上小学时有喜欢的女孩子吧？"

"先说好，我回答'有'的话你不要打我哦！"

我哈哈大笑："你说吧，越详细越好，我保证……不打你。"我保证……打不死你。

他如释重负般说："小学时老师基本按照个子高矮排座位，男生不是发育都比女生晚嘛，上小学五年级时，我为了能和我喜欢的一个漂亮女孩做同桌，排队时我踮起了脚。于是她成了我的同桌。"

"嗯，细节很生动，卧室里那台式电脑的键盘够你跪了。"

他愣了下："说好的不打我呢？"

我淡定地说："我说了不打你，没说不让你跪啊。"

"女人啊！这心眼比针尖还要小。"他嘀咕着找键盘去了。

我喜欢阅读，但也容易被书洗脑，有阵子看了几本旅行书，立即觉得"世界那么大，我想去看看"。

于是，我对林知逸说："我想去旅行，每天从三环到四环，从四环到三环，一直在北京城里绕啊绕的，太没意思了！"

他说："总比你从卫生间到卧室绕有意思多了。"

我："……"他真相了！戳穿了我以前是宅女的真相。

父亲节那天，正逢我和闺密余乔一起在厦门旅行，林知逸发信息给我：我们单位组织看电影，算是给父亲们的福利，但是我为了能早点回家带孩子，放弃了这个机会。同时，他还发来了他带女儿欣宝在商场一起喝果汁的父女合照。

余乔看到后说："老婆在前线吃香的喝辣的，好爸爸在后方守护一个家。你们家林知逸这是要感动中国吗？"

我喷了，然后在朋友圈大力表彰这位伟大的父亲——"父亲节为中国好爸爸点赞！愿意多花时间陪伴孩子长大的爸爸是好爸爸！愿意给老婆时间旅游放松心情，甚至放弃单位看电影的机会回家带孩子的爸爸更是好爸爸！父亲节，除了要感谢生养我们的父亲外，还要感谢身边的新手爸爸。"配图是林知逸和欣宝喝果汁的温馨合照。

过一会儿，几乎所有朋友都为这条信息点赞，唯独不见林知逸点赞，正打算问他理由，发现他发来一条信息："我不爱虚的，就爱实的，当着别人的面夸我没意思，当面夸我才好，而且，我不要语言表示，我要实际行动，小别胜新婚，你懂的。"

一句话看得我居然羞红了脸，余乔要凑过来看时，我连忙按了"Home"键。

可能是这次对林知逸"中国好爸爸"形象的宣传很成功，后来某天，我在朋友圈再发他的丰功伟绩：欣宝感冒发烧他整夜都没睡，无微不至地照顾她，兑现了当初我怀孕时对我的承诺："孩子在你肚子里我没法帮你分担，孩子出生后我和你一起照顾 TA。"

欣宝幼儿园同学的妈妈看到后忍不住给我留言："你老公真是模范老公啊！"

我听了心里美滋滋的，那说明我选男人眼光好啊。

我回答这位妈妈："他确实最近表现太好了，晚上加班写方案，照顾孩子，还一早送孩子去幼儿园，我都感动了。"

这位妈妈回复："那是你教导有方。"

我笑了，心想：还能有比"教导有方"这个词更动听的词吗？

有次我出差去大理，晚上一个人住在一个复古式的宾馆里。

那是个四合院式的设计，我的房间位于东北一角，看起来像是一个独立的院落。

走进房间，全是复古设计，连屋里都铺着木地板。

虽然整个宾馆看起来挺土豪的，但晚上我一个人睡，踩在木板上咯吱作响，委实有些害怕。

看着古色古香的木制窗棂，我甚至想：会不会有王妃以前住在这里含冤而死呢？

我越想越害怕，于是拿起手机给林知逸发微信。

我拍了一张房间内的照片发给他："今天晚上住的房间挺不错的，但一个人睡，还有些害怕。"

林知逸过会儿回过来："留一张床给我。"

这个房间是标间，照片上可以看到并排的两张床。

看了他的回复，我继续说："远水解不了近渴。我在想，万一这么一个复古的屋子里有过去的冤魂怎么办？"

他回复道："你可以循环放《小苹果》。"

我问："为什么？"

"他们听了，会忍不住跳广场舞，让他们跳一晚上，累死他们。"

我这下更害怕了好吗。

记得有次读者见面会，有读者问我：“大柠姐，除了文字工作，你想过从事别的工作吗？”

我无比笃定地回答：“没有，从我高中发表第一篇文章开始，除了文字工作，我就没有想过从事别的工作。”

就像爱情一样，自从遇见林知逸，和他相爱之后，除了他，我就没想过和其他人在一起。

有次我问林知逸：“在遇见我之前，你的心里就没有装过别人吗？”

他说：“没有。我的心是留给你来填满的。”

简单的一句话，却莫名戳中我的泪点。

心里的房间空着，只是为了留给对的人来住。

大林，遇见你之前，我的心房一直空荡荡的；遇见你之后，我再也没想过我的心里会住下别人。

第三十三章

只要最后是你，晚一点没关系

一晃眼，林知逸毕业十年了，他的同学们张罗着在端午节举办一场毕业十年校友聚会，可以带家属，他问我："你要不要去？"

我反问："你说呢？人家的老婆不是C大的都要跟去，C大也是我的母校，你说我去不去？除非，你怕我跟你之前的老相好见面尴尬，那我就不去了。"

他斜睨我一眼："你不瞎扯嘛，你就是我的初恋啊！"

"那还愣着干什么，快给我订票。"

参加林知逸的十年校友聚会，让我情不自禁感叹，谁说理工科男生没有艺术细胞的，你看这聚会行程安排：师生欢聚畅谈十年变化，我们的光辉岁月，旧照片里的新故事，还挺有章法。

这些都不算什么，他们还干了一件在我看来只有琼瑶剧里才会发生的事——一大帮大老爷们儿，买了一块巨大的石头，在上面雕刻："那些年，我们在一起。"

那块石头放到了新校区的机电学院旁边，大家都争相去石头跟前照相。

轮到林知逸和我跟石头合照的时候，他那帮哥们儿起哄：“林知逸，你得多跟兄弟们喝几杯，你看，这块石头简直是为你俩量身定制的。”

晚宴过后，林知逸喝醉了，我和他一哥们儿一起把他送到了宾馆房间。

他哥们儿走时对我说：“我们马上去 KTV，你去不去？让你家林知逸一个人在这里睡会儿。”

我摆摆手道：“不了，你们去吧，我在这里看着他，给他泡点茶醒酒。”

他哥们儿给我竖了个大拇指，夸我是中国好媳妇，然后走了。

我关上门，拿了茶杯去卫生间洗，突然，一双手从背后环了过来，吓了我一跳。

是林知逸！

我问他：“你起来做什么，不是醉了吗？”

他说：“嘁，就他们几个，还弄不醉我。我还有保留节目，不能跟他们死喝。走，我带你去我们曾经‘战斗’过的地方转转。”

下了楼，林知逸从旁边的车棚里推出一辆自行车：“跟宾馆的伙计借的，走吧，上马！”

我说：“我不坐，你这是酒驾！”

“来吧，我没喝多少，晚上没人，交警都不查我，你管！”

然后，林知逸带着我在校园里转，把我们曾经约会过的地方都转了一遍。

虽然时过境迁，但那些熟悉的地方却能勾起我们共同的回忆，因为那是我们爱情生长的地方。

女生宿舍楼下的小卖部还在，我们走进去，老板娘笑眯眯地跟我们打招呼：“同学，需要点什么？”

我窃喜，十年过去了，我们看上去还像学生模样吗？

林知逸点了一碗方便面，口感一如既往，心里的感觉却很不一样。

十年前，就仿佛初次饮酒，浅尝辄止，香味在唇边萦绕；十年后，就像在饮陈年佳酿，有一种历经岁月沉淀的芳醇，香味在心间环绕，回味悠长。

人工湖的喷泉喷得正欢，读书女生的雕像在路灯的映照下，披上一件暖黄色外衣。不知名的花散发着清幽的香味。

树丛间的石凳上，坐着依偎在一起的小情侣。当年我和林知逸也常常白天在这里晨读，晚上在这里散步。

最后来到田径场——我们初吻的地方，那棵树还在，长粗了好多，枝叶也更茂盛了。

林知逸像当年那样，从后面环住我，给了我深情的一吻。

我问他：“什么感觉？”

他说：“还是原来的配方，还是熟悉的味道。”

我：“……”

可是，你当初明明说没有想象中的感觉好啊！现在还是那感觉，岂不是说明我的吻技没有长进？

还记得我和林知逸刚刚在一起的时候流行《流星花园》，F4唱的《流星雨》风靡全国，几乎每个人都会唱：“陪你去看流星雨落在这地球上，让你的泪落在我肩膀。要你相信我的爱只肯为你勇敢，你会看见幸福的所在。”

如今，F4 解散很久了，我们还在一起。

林知逸曾对我说，如果和我吵架，他应该多数时候都会保持沉默，就像《流星雨》里唱的那样：“如果我沉默，因为我真的爱你。”

事实证明，确实如此，我们吵架后，他很少哄我开心，一般是保持沉默，渐渐地也让我感到吵架是一件百无聊赖的事情，因此我们吵架的次数也越来越少。

后来有次趁林知逸出差，我们带着女儿欣宝再次回到 C 大。

欣宝穿着白色连衣裙在绿意葱茏的校园里奔跑，笑声如银铃般悦耳。

待她终于停下来，靠在我怀里，我指着这熟悉的地方，对欣宝说：“我就是在这里认识了你爸爸，这里是我们读书的地方。”

这里也是我们相爱的地方，我们的爱在这里发芽、生长，从一颗小种子长成了一棵参天大树。

某个周末，林知逸骑自行车带着我去宜家。

我坐在自行车后座，环抱着他的腰，把头靠在他的背上。

这样的情景，让我有种时光倒流的感觉，我又想起了读大学时，他骑着自行车载着我在校园里穿行的画面。

那么多次，他骑车带我，我都习以为常，但有一次我印象最为深刻，想忘都忘不掉。

那时，他已办理好离校手续，第二天就要乘坐火车离开待了四年的学校了。临走前一天，他骑着自行车载着我，把学校和学校附近我们经常走的地方都走了一遍。

当时，我想到以后再也不能每天见到他了，也不知道我们以后能不能走到一起，心里一阵迷茫。

想着曾经看不到未来的迷茫，再看着面前这个真实可倚的脊背，我只觉得欣慰：一晃这么多年过去了，我依旧能够坐在他的自行车的后座上，一起欣赏沿途的风景。

最近读的小说里，有几对恋人都是青梅竹马，要么从小就是邻居，要么小学时就是同桌，要么高中时一起打打闹闹。

我慨叹：“他们怎么就那么幸运，那么早就能遇到命定之人。”

林知逸却说：“只要能够遇到命定之人，晚一点又有什么关系？”

等待虽然孤独寂寞，可最终我们都等到了彼此，不是吗？

只要最后等到的人是你，晚一点也没关系。

番外一

只要你在，我三生都期待

是怎么想起要把我俩的感情刻下来记在石头上的呢？这件事还得从一幅画说起。

盛夏的某周末早晨，欣宝在家中上网络绘画课，课堂作业是临摹丰子恺的画。

欣宝画了一幅《山居岁月图》：墨色苍山下，青松映草堂，堂前碧水流，门前绿茵深。一群大雁飞于远山之上，一对父子携手面朝草堂而立，仿佛归家的游子，又仿佛访友的客人。这幅画古朴自然，山野的清新气息扑面而来。

欣宝在画作的右上角签上大名，交由老师点评。老师点评后给予了表扬，同时提了个小建议：在名字下方盖一个印章，画面就更好看了。

学绘画的艺术小女生没有一方属于自己的印章，成何体统？记得刷小红书时刷到过印章相关的推送，就想着去寻篆刻的老师为欣宝定制姓名章。结果这一寻，居然让我偶遇了情侣对章——将两个人的誓言，刻在两方可人的石头上，这种古老的浪漫一下子就打动了我的心。

想起《浮生六记》中，某年七夕沈复镌刻了印文为“愿生生世世为夫妇”的两方印章，沈复拿朱文，芸娘拿白文，用作夫妻二人书信往来。于是，我顿生一念：今年中秋节是我和林知逸的恋爱 20 周年纪念日，还是我们的结婚 13 周年纪念日，何不定制一方情侣对章作纪念呢？

印文刻什么好呢？最好是独属于我们的印文。

“久处不厌，方为喜欢。”“我心悦你，百年为期。”首先映入我脑海的是我曾写在书里的两句话。

两句我都很喜欢，干脆刻两对对章吧！我边想着印文边物色合适的篆刻工作室。老实说，我对篆刻并无研究，我是被一对好看的印石吸引，点进了一个页面，发现博主头像旁的简介写着“师承熊伯齐关门弟子”。名师出高徒，熊伯齐先生的关门弟子应该也很厉害吧？

我联系了这位博主，加上微信，开门见山地说明来意：我想刻两对情侣对章。博主给我推荐了几对印石，无奈就是心动不起来。博主说，他正和熊伯齐先生的关门弟子止山老师在一起吃饭，抱歉回复晚了。

“能请止山老师篆刻吗？”我问。纪念 20 周年爱情的对章马虎不得，如果能找位篆刻大师治印最好不过。

“可以呀！我刚好和老师一起吃饭，如果您确定想让老师刻的话，我给您说一下，看能不能帮您优惠一些，就当交个朋友。”

“太感谢了！”我边说边想，要不要把我和林知逸的故事简单讲述给他听，请他转述给止山老师呢？

情侣印石，印下来的文字其实是情侣之间的心声，盖两方印章，暗喻心心相印。倘若治印之人听了情侣的故事，能够感受到情侣之间的情谊，会更用心地篆刻吧？

这么一想，我就把我和林知逸的故事简单地跟他讲述了下——

“我和我先生 2002 年 9 月在大学校园相遇相识，当时我大二，他大四。虽然我们经历了一年校园恋，两年异地恋（其中也有现实阻碍，比如我是江苏人，他是贵州人，我父母不允许我找外地人谈恋爱；比如父母要彩礼，他给不起等），但我们仍然顶住了现实压力，恋爱长跑 7 年后结婚。因为我想要毕业后来北京发展，他就在毕业后先来到北京。

“我们结婚时没有举办婚礼，直接坐公交车，花 9.9 元在 2009 年 9 月 9 日那天领了结婚证。

“他是个幽默有趣、温柔深情的人。说话很好玩，让人感到快乐。我觉得他是君子温如玉的典范。

“我把我们的故事写成了一本书《和你在一起才是全世界》，2016 年出版，没想到倍受读者欢迎。后来又出版了《和你在一起才是全世界 2》、《和你在一起才是全世界 3》和《柠有七分甜》。这几本是我们的恋爱故事和相处日常。我还写了两本我们一起环游世界的书，《你是人间理想》和《见山是山见水是水，见你是全世界》。”

同时，我发了这些书的实拍图过去。

“今年 9 月 9 日是我和先生相恋 20 年，结婚 13 年纪念日。我想要给他送一份特别的礼物。每年我过生日，我先生都会给我定制蛋糕，而且还用心地定制了和我的书封一致的蛋糕。因此，我想着今年结婚纪念日，给他一份特别的礼物。”

我又发过去几张林知逸给我过生日时定制的蛋糕照片。

“我想刻的印文‘久处不厌，方为喜欢’和‘我心悦你，百年为期’都是我书里写的句子。”

在我讲述我们故事的时候，对方全程没有发一句信息打断我。

大概过了五分钟，他发过来一条信息："好感动！真的很感动！因为我也经历过异地恋，也是长达 8 年的感情，只是最后没有走到一起。"

我没想到他竟然说了两次感动，我只是稀疏平常地叙述我们相爱的故事，并没有想着感动谁。

看到他由我们的故事想到他自己的故事，我心里一阵唏嘘，又不知道该怎么安慰他。爱情故事的结局多为两种：不是走到一起，就是各奔天涯。个中滋味只有当事人才能体会。

"日后一定要读一下您的作品。我很感动，我会和老师分享一下您的故事。"他说。

"如果结缘，送你和老师签名本（虽然我未曾练过书法，写字一般）。"在篆刻、书法大师面前签字，简直就是班门弄斧，但我送签名书只是想表达我的诚意。

"感谢，很荣幸和您认识。"

那天已经很晚了，他说等他和老师沟通好之后，再和我联络。

第二天晚上，博主告诉我："我和老师聊了下，把您的故事、经历和老师说了一下，老师听了也很感动，止山老师也是有故事的人。"

"实际上我们就是正常恋爱懂得珍惜的普通人，没想着感动谁啊。"我委实没想到我们的故事居然还会感动篆刻大师。

又一想，或许因为我们的故事是真情实事，能引起共情，所以才会感动别人？

"我特意说了您和您爱人这么长时间的感情，老师也说很有缘分呢！老师愿意给您特殊待遇，按最优惠的润格给您亲手从设计到篆刻，帮您刻一对出来。老师也是听了你们长达20年的感情，还这么恩爱，心有感触。另外，老师自己还特意给你们选了一对石料。”

说着他发来情侣对章的石料，只见两方石头呈锦鲤橙色，石头上方像日落时分彩霞满天的天空，橙红黄三色渐次过渡，中间留白，意境开阔。最绝的是石头下方有丝丝缕缕缠绕的红线，仿佛月下老人用来牵系有情人的红丝线。

两方石头略有不同，组在一起就是一幅美丽的日落西山图。我想象着我和林知逸坐在红线上看日落。人生路漫漫，遇见心仪之人，并相守到老，不就是遇见了一个可以一同看人生风景的人吗？

这对石头让我瞬间心动，满心欢喜，一眼定情。想起林知逸说他初次见我就对我一见钟情，我不由得想，人与人之间的相遇好像和人与石头的相遇并没什么不同，都是因缘际会，如果合眼缘，动心扉，就会想要和对方一直在一起。

“这是很润的一对老挝牛角冻印石，还带有巧头，石料下半部分如红丝缠绕一般，寓意很好。并且通体无裂、无杂质，很水灵，冻感很强，是老挝石中一对不错的料子。”博主介绍道。

“那个红线我很喜欢，像月下老人牵的红线。相信老师的眼光，就选这对石头吧。”我说。

我发现专业人士主要从石头的质地去评估考量这块石头，而我从自己的感受出发。我不懂石头，但我知道自己的感受，千金难买我喜欢。这就像是初恋，初恋时我不懂爱情，但我知道我喜欢那个人，和他在一起舒服快乐，这就足够了。

当确定下用这对石头来刻对章时，我心下已决定暂不刻两对印章，只刻一对印章。

“‘我心悦你’刻朱文，‘百年为期’刻白文。”林知逸用朱文印，我用白文印。他对我一见钟情就是“我心悦你”，而“百年为期”于我而言，还谐音“百年为妻”。这是我们今生今世的爱情宣言。

“您想的印文很赞，配这对石料很搭。至于边款，这块石料很美，我建议您先别刻。”

“为什么？”我不解地问。

“因为之前很多人刻了边款，后来后悔，想要换句子，但没法换了。如若后续您这边想刻边款，随时欢迎寄回来给您刻。”他解释。

“哦，原来如此，那我想一想，如果想到合适的边款就刻上，如果想不到，就先空着。”

印文是刻在石头底部的印面文字，盖章时呈现；边款是刻在石头上的文字，多是吉语，若是把石头当书封，边款就是书名。

关于石头上的边款刻什么，我和林知逸可是进行了好一番讨论。

“边款要么刻‘浮生四季，三餐有你’？这样一来，边款是人间烟火，印文是人间理想。”我说。

“太普通了！”他说。

“‘情深不负共白头，余生只愿与君度’这两句如何？”相当于边款用他写给我的告白，印文用我写给他的告白。

“好是好，就是太长了。”

“‘花好月圆，珠联璧合’呢？‘花好月圆’意味着我们在 9 月桂花飘香时相遇，中秋节定情，月下告白；‘珠联璧合’意蕴美好的人事终会相遇，还可以把我们的真名嵌入进去。”

“‘珠联璧合’还好，‘花好月圆’太俗了，没有独一无二的个性。”

“这也不行，那也不行，那你想一个啊！”

他略想了想，说：“‘折桂齐眉，珠联璧合’，怎么样？”

“你倒是折过桂花送我，但会不会有歧义呢？折桂一般指夺冠登科，获得第一名。”

“我追上你不就是第一名吗？”他振振有词。

我笑了，想起《牡丹亭》中杜丽娘一直在等待折桂之夫，此处的折桂之夫也可以暗喻意中人。如此一想，“折桂”倒是可以用，而且还一语双关。

“‘折桂齐眉’，仔细品品，貌似还不错。”古有梁鸿、孟光举案齐眉，今有大柠、大林折桂齐眉，都代表夫妻恩爱，信物不同，情感却一脉相承。

“当然不错，‘折桂齐眉’……”他边说边做了个动作，恰似将桂枝举到我眼前，笑了笑，“折一枝桂花举到佳人眉前，多有画面感啊！”

“……”怎么有种忽然被调戏的感觉？

“边款文字我确定了。边款：‘折桂齐眉，珠联璧合’；印文：‘我心悦你，百年为期’。”

我把边款文字告诉篆刻博主，并强调：“折桂齐眉”边款和“我心悦你”印文在一方印章上，印文采用朱文；“珠联璧合”边款和“百年为期”印文在一方印章上，印文采用白文。

折桂齐眉，我心悦你。

珠联璧合，百年为期。

好像边款和印文还能组成一首小诗呢！越品越喜欢。

石头是历经亿万年的结晶，人生不过百年，物比人长久，把我们的爱情刻在石头上，让石头铭记：在这个宇宙时空里，曾经有两个人真心相爱过。如此，爱情便也成了永恒。这大概是独属于中国人的浪漫。

“情侣对章的制作周期说是需要 1~3 个月，在我们结婚纪念日到来前，肯定也拿到了。”我满怀期待地对林知逸说。

“没想到当初送了你一串石头，开启了今生的缘分，现在还要在石头上刻字。这简直就是我们的《石头记》了。”

“可不是吗？当年你送我的水晶手链我还留着呢！”那是某年中秋节，我们月下散步时，他悄悄戴在我手上的定情信物。

根据我老家的结婚习俗，通常男方要准备彩礼和三金，怎么他只用一串旅游景点买的水晶手链就将我套牢了呢？回想起来，我们的感情真的很朴素，朴素到一碗米饭初见，一枝桂花动心，一串石头定情。然而，就是这些朴素的细节，却构成了生命中无法忘怀的真切回忆。

“我以为一串手链套住了今生，现在你送我这么好看的印章，哪怕为了这个章子，也得恋个三生三世。”他信誓旦旦地说。

忽然想起有年春天去杭州，我在灵隐寺附近遇见了传说中的“三生石”，在三生石前，我说：“三生三世，我都要和他在一起。我还要遇见他，和他相爱，只有他能给我最圆满的爱。”从杭州回来不久，我和林知逸去潭柘寺赏二乔玉兰，玉兰虽已过花期，却偶遇了“百事如意树”：一棵柏树与一棵柿子树相伴共生，像一对情侣一样紧紧地贴在一起。人们取其谐音，称为“百事（柏柿）如意树”。据说摸了百事如意树，就可以在一年之内百事如意，而新婚夫妇则可以百年好合、白头偕老。寓意这么好，我和林知逸自然不会放过共同摸“百事如意树”，并许愿百年恩爱如初的机会。

为此我还写下两句小诗：“三生石前盼来世，百事树下许今生。”

有没有来世我不知道，但我知道，今生既然决定牵了他的手，就不想放开。能从年少走到白头，一直相亲相爱，已是人世间莫大的幸运。

时光总是匆匆，孔夫子说“逝者如斯夫，不舍昼夜”，庄子说“人生天地间，若白驹过隙，忽然而已”，倘若有一人愿意陪你俯仰宇宙天地，共观山川湖海日月星辰，你或许会慨叹，这样的时间三生三世都不够，恰如一首歌所唱：“只要你在，我三生都期待。”

番外二

猜猜我是谁？

“猜猜我是谁？”

这是大柠今生跟我说的第一句话。

虽然在她的记忆里，她说的是 “你知道我是谁吧？”，但我坚信她说的是“猜猜我是谁？”，因为我当时被这句“厚颜无耻”的电话开场白给击蒙了，足足两秒钟没有说出话来。

怎么说呢，我觉得有必要交代一下我当时的心境，那时我刚在杂志上发表了几篇文章，时不时会接到文学社团里一些小学妹的电话，所以当我在电话里听到“猜猜我是谁？”时，真是惊得把电话从耳边移到了面前，好想顺着电话线过去看看，是哪个小学妹这么不懂事，哪有第一次给学长打电话这么说话的。

后来的故事，想必大家看完书都知道了，简单概括一下就是——“打字员是如何逆袭成为才女老公的”。

关于第一次吃饭，我有两个小细节补充一下。

饭菜上桌后没多久，大柠突然放下筷子，皱着眉头、捂着肚子说：

“好痛！”

我看她头上都痛出汗了，有些担心地问：“是隐隐作痛呢，还是阵痛？要不要去校医院看看？” 因为我有个高三同学，就是腹部阵痛被紧急送到医院，一查，是急性阑尾炎。

“我平时不痛经的，今天不知怎么了。没事，还没有到去医院的程度。”

她云淡风轻地说着，我的脸却刷的一下就红了，赶紧转身走了出去。

确切地说，我的脸听到她说出“痛经”两个字就红了。作为一个读到了大四还没接吻经验的人，那两个字，就像一支燃烧着凑近我的火把，一下就把我的脸烤热了、烤烫了，也把我的心搅乱了——这个女孩，真是大大咧咧得有点可爱啊。

在食堂旁边的水龙头下洗了把冷水脸，等脸不发热了，我去旁边的奶茶店给她买了杯奶茶，进去继续跟她一起吃饭。

大柠肚子痛，胃口不佳，吃了几口就捧着奶茶喝，边看我吃饭边跟我聊，她都认识哪些厉害的编辑，以后介绍给我。说到兴奋处，她好像肚子也不痛了。随着她的高谈阔论，她辫子上的两个毛球发圈也一晃一晃的，晃得我胃口大开，一会儿就把一碗米饭吃完了。当我起身准备去窗口添米饭时，她说：“还是节省一点钱吧，我反正吃不完，要不我的饭给你。”

我当时愣了有那么一两秒，心里闪过两个想法：一是这个女孩还真不把我当外人啊，二是想到了“谁知盘中餐，粒粒皆辛苦”。我是农村长大的孩子，在家里的时候，每年都会帮爸爸妈妈秋收，更加懂得粮食的珍贵。再说，勤俭节约本来就是我们中华民族的传统美德。所以我接受了她的建议，把她碗里的饭倒进我碗里吃掉了。

因为大柠是新生，所以并不知道，其实在食堂点小炒菜，米饭可以随便加，不需要另外收费。我当时接受她的建议，并不是为了省钱，就只是单纯的不想浪费粮食。

后来，大柠告诉我，从小到大，只有她爸爸不嫌弃她，会吃她的剩饭。我那个自然而然的举动，让她对我的好感度大幅提升。

所以，你看，并不是甲方或者有钱才能当“爸爸”，勤俭节约的优良传统也让我当了一回“爸爸”。

从那以后，我就成了大柠的御用打字员，也是她文章的第一读者兼头号粉丝。

虽然那时我也写过几篇文章，但是跟她的高产比起来，我自愧弗如。

经过观察，我发现了她高产的秘诀：无论何时何地，她总是随身带着笔和记事本，随时记录自己的所见所闻、所思所想。

印象最深的一次是异地恋第一年，有一次我回学校去看她，一起在男生宿舍 10 号楼旁边新开的食堂吃饭，我给她讲我作为社会新鲜人，碰到的各种有趣的事。我的讲话差不多以每五分钟被打断一次的频率艰难地进行着，因为她拿了个小记事本，放在食堂橙红色的餐桌上。“你等等，我先记录一下！”——这是她那天说得最多的一句话。

简简单单的食堂饭菜，那顿饭我们却吃了两个多小时。这么多年过去，我已经完全不记得那天都说了些什么，只记得她脸上的笑，还有她奋笔疾书的手。

尼采说：“每一个不曾起舞的日子，都是对生命的辜负。” 我想套用一下这个句式，对于大柠来说，就是“每一个不曾写作的日子，都是对生命的辜负”。

借这本书再版的机会，我想表白一下我们家的书记员：大柠，谢谢你从我们认识起就开始记录我们相处时的糖，你让我们有了一套肉眼可见的《和你在一起才是全世界》，你用文字定格了这些甜蜜片段，让幸福和小确信变得触手可及。

如果我能穿越回那个第一次接到大柠电话的午后，我想，我们的对话应该是这样的——

大柠：“猜猜我是谁？”

大林：“你是欣宝的妈妈。”

大柠：“欣宝是谁？”

大林：“欣宝是我和你的女儿。”

大柠：“啊？那我是你的……”

大林：“女朋友，爱人，妻子……老伴儿。”

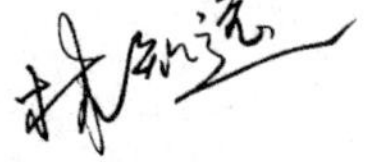

2022 年 9 月于北京

世界上最美好的事莫过于——

年少时遇见你，

十年后还在一起。

后记

两个人，一个世界

女儿欣宝爱画画，有天她画了这样一幅画：漫天的雨点下，有两个人共撑着一把伞。

尽管这幅画谈不上有任何画功，却在一瞬间就打动了我。

这幅画仿佛在传达这种感情——无论风雨多大，只要我们俩依偎在一起，就是全世界。

我忽然就想起和林知逸撑着一把伞在校园漫步的场景：我们靠得很近，伞很明显地倾向我这边。隔着雨帘看外面，一切都雾蒙蒙的，栀子花兀自散发着芳香，天气微凉，能清晰地感受到他掌心的温度。

世界很大，我们很小，可我们走到一起，却拥有了一个全新的世界。

有时候，我也会想：世界那么大，我们遇见的人那么多，为何偏偏和他走到一起？

遇到他之前，我无数次憧憬爱情，以为浪漫美好的爱情是花前月下，是海誓山盟，是牵着你的手走遍万水千山。

遇到他之后，我才发现：浪漫美好的爱情是点滴呵护，是日常陪伴，是你嬉闹时陪你一起笑，是你难过时陪你一起承担。

遇到他之前，我曾在脑海中勾勒过未来恋人的模样：相貌要帅气，朝夕相对能养眼；个子不低于一米八，让人有安全感；眼神要能勾魂摄魄，不可以戴眼镜；世间有百媚千娇却独爱我一人……除了不要求对方有钱，其他基本是按照偶像剧和言情小说男主角的标准来找男朋友。

其实所有的标准只是因为对的那个人还没出现。如果你遇见了那个人，你的所有标准都会被推翻。

纵使他再普通，也是你眼中的独一无二。

林知逸虽然和我理想中恋人的模样有些差距，但他却能让我感到温暖、舒心和快乐。

在遇到他之前，从来都没有一个人，让我享受到那么单纯的快乐。在他面前，我可以卸下一切防备，只要做自己就好。

也有人说他闷骚，但是，在我面前，他永远是那个有本事让我快乐的人。

他就好像这纷繁世界的一片乐土，让我滋生了深深的眷恋，我想住在这里，不长，就一生。

和他相恋至今，十余年光阴逝去，爱情却没有褪色，两个人构筑的世界变得更加坚固。

常有人问我：如何让爱情保鲜，如何让爱情一直维持在热恋的状态?

其实哪有什么秘诀，不过是遇到那个对的人之后，相处的过程中，多一些包容和理解，爱对方的优点，也包容对方的缺点。

也有过争吵，但从来都不会放在心上，总是习惯把我们之间一些欢乐甜蜜的细节记下来：记在本子上，记在手机上，记在微博上，也记在心里。

这本书就记录了那些或幽默或甜蜜或温馨的故事，没有曲折的情节，没有狗血的桥段，有的只是日常生活中那些快乐而真实的片段。

写这本书的过程中，我回顾了和林知逸十年的爱情成长轨迹：从校园相识、相恋、相处到异地恋，到毕业后一起在异乡打拼，到和他结婚拥有自己的家，到有了宝宝的三人世界。

通过梳理这段爱情发展史，我也梳理出一个女孩子的成长轨迹：从校园到社会，从校服到婚纱，从青葱到而立。岁月历练了我，赋予我多重身份，让我从女孩成长为女人，从一个单纯的大学生变成一个男人的妻子，一个小女孩的母亲。

我很感恩，我人生中那么多重要时刻，他都陪我一起走过。

情窦初开时看小说，我常常被“我爱你”三个字打动，现在我却觉得，“在一起”比“我爱你”更温暖。

因为缘分，我和他走到一起，然后构筑了属于我们两个人的世界，这个小世界的温暖能够抵抗全世界的寒冷。

只要足够爱，两个人就能成为一个世界，可以忘却外界的一切烦恼。

希望这本书能让你相信：在俗世红尘里，有那么一个人愿意为你付出真心，守候一生。

愿你也能遇见你的林知逸或大柠。

如果已经遇见了，祝福你；如果还没遇见，别急，那个人一定也在等你。

新版后记

少年与爱，永不老去

斯人若彩虹，遇见方知有。遇见你之后，我才相信爱情。

七年之后，重遇《和你在一起才是全世界》，仿佛重返校园，重返二十岁，重返光影浮荡的青春国度。

原来，青春是一本值得一读再读的书，这本书里有个闪耀的人物，他一直等我在原处，还将守护我到时光深处。

遇见林知逸前，我写下许多篇爱情小说，想象中的爱情有无数种可能，或遗憾或美好。然而，现实中遇见林知逸、与他相恋，却在我所有想象之外。我不曾想到——老天爷竟然亲自为我书写了一本爱情故事，而这爱情故事的快乐甜蜜，远远超出我的想象。他不是我的理想型，却是我的人间理想。

何其有幸，我在最好的年华遇见了最适合我的人！而更幸运的是，二十年过去，那个人至今仍陪在我身旁！

沈复写《浮生六记》时说，倘若不把他平生的岁月浮光记录下来，未免辜负上天的厚爱。我写“和你在一起才是全世界”系列，也是想将那些真实发生过的爱情故事里快乐动人的细节记录下来。我总觉得，遇见林知逸是上天的恩宠，不记录唯恐辜负苍天的厚爱。青春总是匆匆，唯有记录在文字里才能获得短暂的永恒。

趁着这次再版的机会，我不仅修订了全文，也增添了一些全新的内容，增添的多是青春校园相恋的时光。

我没想到，隔着岁月的烟尘，回忆起我们过往的时光时，我仍然会心动、会微笑，甚至会感动得落泪。

青葱校园梧桐树下，白衣飘飘的我们初次见面；下雨后微凉的初秋，两人共撑一把伞；月色撩人的夜晚，他在女生宿舍楼下对我深情告白；毕业后分隔两地，他跟着我乘坐的火车奔跑……往事如风，却被时光酿成了微甜的回忆。

修订完一稿后，我照例发给第一个读者林知逸看，看到《毕业情书》那一章，不知道他回想起了什么，从抽屉里翻出他以前写给我的信，因此我有了与他写给我的旧情书重逢的机会。伴随着信里的内容，呼啸而来的是从前的回忆，是那些我几乎要忘记却被旧书信唤醒的回忆。这下我按捺不住了，迫不及待将那段回忆记录下来，于是书里多了第十章《很遗憾不能陪你共度生日》的内容。彼时，林知逸正值毕业前夕，我那时的担忧又回来了，我仿佛回到了那个对我们的未来无比迷茫的时期，而看到他写给我的“定心丸”（书信）时，我再次感动哭了。也不知道，被打动的到底是现在的我，还是曾经的我。

得知我要将他写给我的这几封情书放到书里时，林知逸感叹：“本来是写给一个人看的信，怎么就要被全国读者看了呢？”

我说：“你说给我一个人听的话，不也被全国读者看了？不过，我想采访一下，你写给一个人看的信，对一个人说的话，被全国那么多读者看了，你是什么心情呢？”

他说：“虽然我的语言文字被你拿去做写作素材了，但是我很乐意，能成为你众所周知的欢喜。就像上学时，作文被老师当作范文在全班同学面前朗读一样的心情——我骄傲啊！”

我笑了。其实我以前爱写爱情小说的，怎么遇见他之后，我就光顾着记录我们的爱情故事了呢？虽然我写的爱情小说少了，但是我得到了以爱为名的宇宙。

如果从 2002 年算起，至今我和林知逸已经相恋二十年了。二十年，是两个十年，是二十个春夏秋冬，是 7300 天。看起来好像时间漫长，奇怪的是，我却丝毫没觉得岁月漫长，也没有感觉到时光的流逝。

二十年过去了，林知逸仍然有少年感，我仍然有少女心，我们仿佛没有变化，还是从前那少年少女。如果说我的青春从遇见林知逸开始，那么因为有他一直陪伴在身边，我的青春期好像延长了。

走远的只是时光，不是时光里的我们。我留不住时光，但是我留住了一个青春时光里的人，让我的青春得以延长。

再度回忆青春，我发现，纵然时光远去，青春还是会发光，爱还是会发光。少年与爱，永不老去。

好的小说模仿人生，或许你会把这本书当作小说来阅读，但这本书不是小说，这是真实的人生，里面的细节全部来自现实生活。

和言情小说不同，我和林知逸都是你身边真真切切存在的人。我们都是很平凡的人，却因为爱上彼此，在彼此的世界里变得不凡。

我把我品尝到的爱情滋味通过这本书与你分享，愿能在你心里种下一颗相信爱情、热爱生活的种子，让你的生活开出爱情花，结出开心果。

或许你已遇到那个人，那么恭喜你，人生旅程多了一位见证者；或许你还在等待，不用着急，那个人也在等你。或许有一天，老天爷也会为你书写一段爱情神话。

2022 年 9 月 于北京